河出文庫

ニューヨーク・スケッチブック

P・ハミル

高見浩 訳

河出書房新社

目次

わが弟、デニスに

その廃墟から、スフィンクスのように孤独に、謎めいて、エンパイア・ステート・ビルが聳り立っていた。長年、この美しい街に別れを告げるときにはプラザ・ホテルの屋上にのぼって、どこまでも広がる街並みを見わたすのが習慣になっていたので、こんどはその最新にして最も壮麗な摩天楼にのぼってみることにした。そして、私は悟った——すべてはそこに開示されていたのである。この街に関する最大の誤謬、そのパンドラの箱を、私は見出したのだった。うぬぼれに近い誇りを胸に頂上までのぼった私というニューヨーカーは、思いもかけない光景を見て呆然とした。この街は、私が思っていたような、果てしなくつづくビルの渓谷ではなかった。そこには限りがあったのだ——地上最高の建物の頂上から、私は初めて、この街の四隅がしだいに疎らになって、ついには周囲をとりまく田園に呑みこまれていることを発見したのである。果てしなく広がっているのはこの街ではなく、それを呑みこんでいる緑や青の広漠たる大地のほうだった……

F・スコット・フィッツジェラルド「わが失われた街」、一九三二年

人々は私を見ようとしない……私に近づくとき彼らの目に映るのは、私の周囲の事物であり、彼ら自身であり、彼らの想像の産物であるにすぎない——じっさい、ありとあらゆるものが見えるのに、ただ私の姿だけが見えないのだ。

ラルフ・エリスン「見えない人間」、一九五二年

はじめに

ここにおさめた各編はいずれも新聞のために書いたものだが、言葉の厳密な意味での報道記事（ジャーナリズム）ではない。あくまでも物語であり、しかも短編である。といって、ふつう〝短編小説〟という言葉から理解される、首尾結構の整った作品でもない。そうした短編小説の傑作に数えられるのは、たとえばアントン・チェーホフ、ショーン・オフエイロン、アーウィン・ショウ、V・S・プリチェット、ジョン・オハラ、それにシャーウッド・アンダスンらの作品だろう。彼らの作品には、偉大な巨匠たちの名画に一脈相通ずる、まったき完結性が備わっている。

そうした短編小説の名作が一幅の絵画に比せられるとするなら、ここにおさめた物語は単なるスケッチにすぎない。いずれも新聞の締切りに追われて急いで書いたものであり、タブロイド紙の限られた紙面による制約を受けたうえ、モティーフにおいても表現においても狭い範囲に留まっているからだ。おもな主題は人生における危機の瞬間であり、愛とその不在であり、都会の孤独であり、忍びよる過去の重みである。登場人物のなかには私の友人、親類、知人もいれば、知り合ったばかりの人々や、私に話を聞いてもらいたくて手紙を書きよこしたり、私のオフィスまで電話をかけてきた、私の新聞のコラムの読者たちもいる。それらの人々の口から、ほとんど完成された形のストーリーが自然に湧きだしてくることもあれば、細かい点を根ほり葉ほり訊きださなければならないこともあった。その晩あなたの着ていたドレスの色は？ あなたが最初に彼に気づいたんですか、それとも彼のほうであなたに気づいたんですか？ そのとき彼の口にした正確な言葉は？ そのときあなたはどう思いました？いや、それよりあなたはどう感じました？

こういう手つづきは、よく言って、現実を模倣する作業と評するのがあたっているだろう。それぞれの細部は各人の記憶によって、あるいは、じっさいにそれが起きた当時の客観的な印象よりもドラマティックに見せたいという欲求によって、再編されたものだからである。もちろん、私はそれらの出来事が起きたとき、その場に居合わせなかったことのほうが多いし、ニューヨークで育った私自身の記憶から掘り起した物語にしても、絶対に正確だとは言えない。それは、当時のありのままの事実の細部や、実際に交わされた通りの会話を私が正確には思いだせない、という簡単な理由による。一言でいえば、ここにおさめた各編は事実の再構築であるが、それはフィクシヨンの一つの機能でもあるだろう。

各編のスタイルを形づくったもう一つの要素は、新聞という形式それ自体でもあった。タブロイド新聞は、本来、文学的な実験や扮飾には馴染まない。書き手は幅広い層の読者に話しかけなければならないのだ。それら広範な読者に理解してもらおうとすれば、書き手は当然、できるだけわかりやすく書こうとするだろう。それは作家にとって、さほど弊害のある訓練だとは思わない——一度でも新聞を仕事の場にしたことのある作家たち、チェーホフ、モーパッサン、アルベルト・モラヴィア、アーネスト・ヘミングウェイらは、それによっていっこうに痛手を蒙ってはいないのだから。新聞においては、言葉がストーリーの流れを阻害することは決して許されない。ときどき締切りの重圧に直面して、つい余計なことまで書いてしまうことはあっても、通例、新聞記者の仕事は、簡潔な文章によって多くを語るという原則に支配されている。

ここにおさめた物語は、一九六〇年代に入って書きはじめた。その頃私は、恐るべき頻度で起る戦争、暴動、暗殺、デモの取材にあたっていた。デモ隊の中にいて催涙ガスを浴びたこともあれば、密林で兵士たちと一緒にいて機関銃の斉射を受けたこともあった。騒然たる事件の続発するなかで、私の書くものはしだいに棍棒のような武器に変わりつつあり、それはしばしば怒りに任せてふりまわされた。

しかし、群衆が個人を放逐した観のあったあの時代、自分の周囲には依然としてよりささやかなドラマを生きている人間たちがいることを、私は一方で承知してもいた。マーティン・ルーサー・キングが虫の息でモーテルのバルコニーに倒れていたとき、同じメンフィスには、日なたで車を洗いながら妻の浮気に心を痛めていた男もいたのである。ニューアークのビルの屋上から銃弾が発射されていたとき、同じ街の向こう側では若い娘が中年の男と恋に陥っていたのだ。私がブルックリンでともに育った連中の大部分は、『歴史』と切り離されて生きていたことを、私は知っている。むろん、なかには戦争で闘った者もいれば、法廷で短い証言をした者もいる。だが、根本的には彼らは『歴史』からの追放者であり、過去から永遠に切り離されていながら、現在においてその過去を生きていたのである。本来のニューヨーカーである彼らは、しばしば彼らの郷愁の囚(とら)われ人でもあった。彼らは、偉大な、素晴らしい街であった頃のニューヨークを、彼らが潑剌(はつらつ)として路上を闊歩(かっぽ)していた頃のニューヨークを覚えていた。その後、自分たちの街に起きたことを、彼らは好まなかった。自分たちの人生そのものに起きたことを好まなかった者もいる。

で、私は戦争やリチャード・ニクソンに対して棍棒をふるうかたわら、よりささやかな物語をも書きはじめた。それには若干の危険が伴った。描く対象が人間の感情であり、しかも主人公たちがアメリカで最もセンティメンタルな人種であるニューヨーカーであるということになると、どうしてもセンティメンタリティーが前面に出てきやすい。それに私は、彼らの短い人生を完璧に描くことなど到底できはしないということを承知してもいた。できるとしたらせいぜい、新聞という形式の制約内で、私の書く断章を可能な限り真実に近づけるということくらいのものだっただろう。それに、それらの人々はこちらを信頼して内なる感情を打ち明けてくれるのだから、書く側も優しさをもって接しなければならなかった。彼らの気持をからかったり、皮肉や薄っぺらな洒脱さで冒瀆(ぼうとく)することは、ごく容易な業(わざ)であったにちがいない。だが、彼らの一人として私に反撃する武器を持ってはいないのだから、もしそれをすれば、一種の犯罪行為であったと思うのだ。私はだれをも傷つけたくはなかった。ましてや、私が生れ、育ち、そこでいまも働き、運がよければそこで死に、埋葬されることになる街の住人たちを、傷つけたくはなかった。私と同じように、彼らはある種の深い疲労感と、ときとして畏怖(いふ)の感覚とをもって、ニューヨークという街に生きている。この世には政治と政府、『歴史』と『国家』を担う街があることを、彼らは知っている。だが、彼ら自身が住んでいるのは、孤独と喪失に彩られた、見えない街なのである。私はこの地上のどこよりも、その街を愛している。

一九八〇年三月二十四日　ブルックリンにて

ピート・ハミル

ニューヨーク・スケッチブック

1

四十二丁目の地下鉄駅の階段をのぼって、冷たい春雨のなかに踏みだしながら、ハーシュはふるえていた。すでに九時半を数分まわっていたが、オフィスに急ごうという気はさらさらなかった。オフィスはあとまわしでいい。秘書や裁断師たちや残りの連中はあとまわしでいい。秋のファッションもあとまわしでいい。いまはただ、コーヒーを飲みたかった。再びめぐってきた冷たい春、その冷たい雨に打たれているいまは、何よりもまず体をあたためたかった。

彼は〈ランタン〉というコーヒー・ショップに入り、カウンターの前を通って奥の仕切り席にすわった。朝食の時間がすぎたせいだろう、席はほとんどあいていた。ウエイトレスたちも隅のテーブルにかたまってすわっている。なかの一人が近よってきた。ブラック・コーヒーに、焼いたベーグルを添えてくれ、と頼んでから、ハーシュはまた新聞に目を走らせた。ブロンクスでは子供たちが殺され、トロントでは人質を栖にイディ・アミンに会いにいかせろという要求を突きつけている男がいた。どこかで爆弾が爆発。ザイールで戦闘勃発。

吐息まじりに新聞をたたむと、ハーシュはそれを隣のシートに放りだした。ベーグルを一口かじり、ぼんやりとブラック・コーヒーをかきまわした。そして、ふっと顔をあげたとき、あいているスツールのわきの通路を歩いてくる一人の女の姿が目に入った。瞬間、心臓がひっくり返りそうな気がした。

彼女はさほど長身ではなかった。けれども、つやつや光っている、踵(かかと)の高いブーツをはいているせいか、記憶にあるより背が高く見えた。黒い髪は安っぽいビニールの帽子で蔽(おお)われ、トレンチ・コートが雨に濡(ぬ)れて光っていた。イタリア系に特有の卵型の顔は、前より丸みを帯びている。だいぶ肉がついたと言ってもいい。目のまわりには、年をとると現われる黒っぽいしみも浮かんでいた。が、ハーシュの目に映る彼女は、三十年前初めて会ったときと変わらなかった。彼女は美しかった。

「ヘレンじゃないか」

言いながら、彼はゆっくりと席から腰を浮かした。

女はぼんやりと彼の顔を見返した。ビニールの帽子のふちから、雨が滴り落ちている。パチパチと瞬きした彼女の顔に、訝(いぶか)しげな表情がゆっくりと広がっていった。

「ええ、わたしヘレンだけど、でも――」

「ぼくだよ、ヘレン、ハーシュだ。ベンスンハーストのハーシュ、十八番街のハーシュだよ。忘れたかい？」

彼はテーブル席から完全に通路にでていた。身をのばして、つつましやかにハーシュと抱き合おうとする女の動作は、ハンドバッグと折りたたみ式の傘のおかげで、どこかぎごちなかった。彼女は石けんと雨の香りがした。

「まあ、ハーシュ……」

「おどろいたな」夢を見ているような、もどかしさと気遅れの入りまじった感情に、彼は圧倒されていた。「こんな風にきみとバッタリ出会うなんて。嘘みたいだ、まったく。さあ、それ、あずかろう」

彼女がレインコートを脱ぐのに手を貸してから傘を受けとると、ハーシュはひもをパチンと留めてレインコートと一緒に仕切りのわきのフックに吊りさげた。彼女は礼を言って、向かい側の席に腰を下ろした。

「きみも朝食をとらないか。何がいい、ヘレン？　卵の料理か何かにするかい？　何がいい？」

「コーヒーだけでけっこうよ、ハーシュ」

彼はウェイトレスを手招きして、コーヒーを持ってきてくれと頼んだ。それから、あらためてヘレンの顔を見つめた。彼女は顔に手をやっていて、親指が、皮膚をのばそうとするかのように顎のわきにくいこんでいた。お白粉が雨に濡れて、まだらになっている。黒い髪にはチラホラと白いものもまじっていた。

「本当に久しぶりだね、ヘレン」

「よくわたしだってわかったわね、ハーシュ」

彼は笑い声をあげた。「きみなら、いつ会ったってわかるとも」

ヘレンはくっくっと含み笑いを洩らした。コーヒーが運ばれてきた。彼女はスプーン一杯の砂糖とクリームを少し入れ、カップを見つめたまま顔をあげずに訊いた。「で、その後どうしてらしたの、ハーシュ？」

「順調だよ、何もかも」彼は答えた。「いや、実を言うと、それほど順調でもない」

「お仕事のほう、独立して自分のオフィスをかまえたって、風の便りに聞いたわ。結婚して、お子さんをもうけたことも」

「ああ。半分は本当だね。事業のほうはたしかに自前でやっているんだが、女房はいない。出ていったんだ。それからもう八年になる」

「出ていったって、ふっといなくなったというの？」

「いや、そうあっさりすんだわけじゃない。まず離婚の協議があって、それから出ていったのさ。ぼくの財産のほとんどを持ってね」彼は笑った。

「それは――お気の毒に」

「いやいや、気の毒なもんか。気違いじみた世の中だからね、何もかも。新聞を見れば一目瞭然さ。どこを見ても、どうかと思う人間ばかり。まともな人間などいやしない」ハーシュはコーヒーをすすった。「きみのほうはどうしてた、ヘレン？」

「わたしは、主人に先立たれてしまって」

「ふうん」ハーシュは言った。「それはつらかったろうな。たしか、お子さんもいるんだろう？」

「もうみんな大きくなったわ。だからわたしも、また勤めにではじめたんだけど。いま、すぐそこの、国連本部の近くで働いてるのよ」

「きみは、ぼくが陸軍にいたときに結婚したんだったね。友人の一人が手紙で知らせてくれた。ぼくはそのとき、韓国派遣軍の一員として横須賀で待機中だったんだが」抑揚のない声で、彼は言った。「あのときのショックは忘れられんな」

「むかしむかしのことじゃないの、ハーシュ」

彼は微笑した。「上官の軍曹が口癖のように言ってたっけ、〝失恋は最良の兵士を生む〟とね。でも、そいつは間違いだった。ぼくは痛手から立ち直れなかったよ」

ウェイトレスにまた手をふると、彼はもう一杯コーヒーを頼んだ。

「ところで、お父さんはどうしてる？」

「父も、死んだわ。もうずいぶんたつのよ。あれは一九五八年だったから」

「おどろいたな」ハーシュは言った。「ほくは失礼なことばかり訊いてるようだ。申しわけない」気まずい沈黙が生れた。「お父さんは、ぼくらの結婚を許してくれるべきだったんだ」

「でも、仕方がなかったのよ、ハーシュ。あの頃は、いまとは時代がちがってたんですもの」

「じゃ、いまならお父さんは、きみがユダヤ人と結婚するのを許してくれたろう、というのかい？」

「いまならわたしは、だれと結婚しようとわたしの勝手でしょう、と父に言ったと思うわ」

彼女はつと手をのばして、ハーシュの手に触れた。するとハーシュの手に触れた。すると彼の胸には、言いたいことが津波のようにあふれてきた。一人暮らしで虚しく時をすごす侘しさのこと、ずっとむかし二人が知っていた共通の友人たちのこと、そしてプロスペクト・ホールに彼女をダンスに連れていった夜、アイルランド系とイタリア系の男たちの喧嘩騒ぎに巻きこまれ、非常口から彼女を引っぱりだして、夏の夜が更けるのも忘れて何時間も歩きまわったときのこと。

彼はヘレンに打ち明けたかった、陸軍を除隊したのち、街頭でバッタリ彼女に会えるかもしれないという一縷の望みを胸にあの街に足を向けつづけ、アイスクリーム・

ソーダを飲みに八十六丁目のヤーンズの店に数ヵ月も通いつづけたことを。それから数年たって、やっと諦めがつき、自分の心に踏ん切りがついて、彼女が古いアルバムの中の一枚のスナップも同然の存在になったとき、妻と初めて激しい口論をしてぷいっとガレージに飛びだし、オイスター・ベイからニューヨークまではるばる車を走らせて、彼女の居場所を知ってるやつにめぐり会えやしないかと、久方ぶりにベンスンハーストを、八十二番街をうろついたことを。

だが、ハーシュは何も言わなかった。彼はただ大きく息をつきながら、話の接ぎ穂をさがしていた。そのうちヘレンが手を離して、腕時計に目を走らせた。

「そろそろ会社にいかなくては」

「ああ、そうだろうな、ヘレン。そうだろうとも」

「すぐそこなのよ、わたしの勤め先」

「ああ、なるほどね」

二人は同時に立ちあがり、ハーシュがぎくしゃくした手つきで二人のコートに手をのばした。彼がコートを持ってやると、ヘレンは優雅に身を動かして、袖に手を通した。横からウェイトレスが、伝票をテーブルに置いた。ハーシュはもぞもぞとポケットをまさぐり、反対側のポケットに手を突っこんで、やっとマネー・クリップをさがしだした。コーヒー・カップの下に、一ドル紙幣をはさんだ。わきにどいてヘレンを先に行かせると、ガランとしたコーヒー・ショップの中を戸口まで歩いた。雨はまだ激しく降っていた。ハーシュが伝票と五ドル紙幣をレジ係に手わたすと、釣り銭がチャリンと音をたてて、レジの下の金属製の丸いトレイに落ちた。ハーシュは歩道に面したドアを押しあけ、ヘレンは水浸しの道路を一気に駆け抜けようと、コウモリ傘をひらきはじめた。

「お会いできて楽しかったわ、ハーシュ」彼女は言った。

「ああ、本当にね。本当に楽しかった」

「じゃ。わたし、駆けていかなくちゃ」

「ああ」

彼女は戸口に向き直って、ドアを押えた。そのとき、ハーシュが彼女の腕に触れた。

「あのぅ、ヘレン、どうかな——そのぅ、今夜、夕食を付き合ってくれんだろうか?」

「いいわ」

「で、明日の晩は、映画を観にいくというのはどうだろう?」

「いいわ、ハーシュ」彼女の顔に、微笑が広がった。「いいわ、ええ、いいですとも」

2

秋ともなれば落葉を焚く匂いをかぐのが好きなサリヴァンなのに、その日、リンブルックの自宅の庭にすわっている彼の胸には、一種物憂い不安とそこはかとない終末感、それに一つの季節が過ぎゆくのを悼む思いが去来していた。折りたたみ式のアルミニウム製の椅子にすわり、新聞をかたわらの地面に置いて、彼はウィスキーのソーダ割りを飲んでいる。庭に散らばっている落葉は、まだかき集められていない。白い柵に立てかけてある熊手は、早く集めろ、とせかしているかのように見える。サリヴァンは微動もしなかった。

家の中の物音が、庭にも伝わってくる。妻がミサからもどってきたのだ。テーブルに皿がガシャンと置かれる音が聞えた。彼女がローストをオーヴンに入れ、氷やケーキを確認したり、パーティーに必要なもろもろの準備をしているさまが脳裡に浮かんだ。きょうは彼の誕生日なのだった。子供たちが、みな家族連れでやってくることになっている。だが、じきに祝宴がひらかれるのだという喜びや華やいだ気分は、いっこうに湧いてこなかった。彼はいま、会社が新たに導入した雇用計画に沿って、退職するかどうかの瀬戸際に立たされていた。結局、退職金と年金をもらい、チャイニーズ・レストランかどこかで、だれかから慰労の金時計を授与される、ということになる可能性もある。そうなったら、秋はこの庭先で落葉を焚き、静かにその香りをかいですごすことになるだろうし、野球シーズンが幕をあけたら、終日ゲームを観てすごすことになるだろう。彼の気持ひとつで、勤続四十六年のサラリーマン生活が終りを告げるのだ。

「もう一杯どう、あなた?」不意に妻が戸口に現われて、声をかけた。

「ああ、もらおう」そちらをふり向こうとはせずに、彼は答えた。美しく老いた妻の顔を心に見ながら、アイルランド女の顔は年をとるにつれて味がでてくるな、と彼は考えていた。それはきっと、従容として運命を受け容れる態度と関係があるのにちがいない。妻の手がグラスをとっても、彼はじっと前を向いたまま、澄んだ空に漂っていく煙を見守っていた。突然、彼の頭に、妻がまだ十六歳だった頃、二人がブルックリンの四番街に四ブロック隔てて住んでいた当時の記憶が甦った。あの頃彼女は、美しい光沢のある茶色の髪をしていて、その笑顔に接すると胸の張り裂けそうな切なさを覚えたものだった。なぜということもなく彼は、サンセット・パークで彼女にプロポーズしたときのことを、二人の前途に広がる未来に思いを馳せつつ、蒸し暑い夜の中を、ともに手を携えて帰ってきたときのことを思いだした。

あれは、ベーブ・ルースがホームランを六十本打った年だった。いまでも彼はテレビに向かうと、無意識のうちにベーブのあの細い足とでっぷりした上半身、小気味の良いスイングと遥か空の高みに飛んでゆく白球が見られるのを期待していることがある。あの年のヘヴィー級チャンピオンはジーン・タニー、ニューヨーク市長はジミー・ウォーカーだった。だれもがこぞって伊達者（だてもの）の市長の服装を真似ようとし、細身のスーツにソフト帽できめようとした結果、むしろギャングのレッグズ・ダイアモンドに似てしまったことを彼は思いだした。

「もうすぐみんなもやってくるわ」妻が言って、酒のグラスを手わたした。

「なあキティー、むかし二人でよく通った、七番街のあのもぐり酒場の名前は何といったかな？」

彼女はびっくりして、少女のように笑いだした。

「七番街のもぐり酒場？　まあ、あなた、そんな昔のことなんか、わたしはもう覚えちゃ……」

電話が鳴った。妻は背中を向けて、家の中に入っていった。〈フラナガンズ〉だったかな、とサリヴァンは思った。たしかそんなような名前だったはずだ。アイルランド系の名前だ。〈フラナガンズ〉、もしくは〈ハリガンズ〉。

彼は次いで、薄い板が床に敷いてあったトロリー・バスを思いだした。ブルックリン・ブリッジをわたるとき、その板がきまってガタガタと鳴ったものだった。雪嵐が湾を横断するとき自由の女神像が灰色の渦巻に蔽われていた情景も、甦った。そして艀を押しながらイースト・リヴァーを遡っていたタグ・ボートの姿も。彼はあの頃、だれにも知られずに、朝と夜の二回、あの艀を利用していたのだった。勤めが深夜に及んだとき、空漠とした寂寥感の漂うウォール街に妙な親愛の情を覚えたことや、その時間になっても明るい灯の瞬いていたパーク・ロウのワールド・ビルの夜景も、彼は思いだした。あの頃はよくボクシングの大試合のあとで仲間たちとブロードウェイをほっつき歩いたものだったっけ。ジミー・マクラーニンの放ったあの素晴らしいフックを、いまでも覚えているやつがいるだろうか。それに、そう、戦前つき合っていたあの仲間たちは、いま頃どこでどうしているのだろう。

「いまの電話、ジミーからだったわ」妻が言った。「少し遅れそうだって」

ジミーのやつはきまって遅れるんだ、とサリヴァンは思った。その息子はジミー・ウォーカーにあやかって名づけたのだった。ふさふさした金髪と角張った肩。十歳の頃のジミーの姿を、彼はよく覚えている。荷物運搬用のトラックのあとについて、リンブルックまで引っ越してきた一九四六年のあの日の記憶が、胸に甦った。あの日はジャッキーが後部シートにすわり、妻がそのジャッキーとトミーの間におさまって、ジミーは彼の隣にいた。あの日、これでニューヨークとも永遠にお別れだ、と彼は思ったものだった。

リンブルックに引っ越したのは、子供たちのためだった。元の家のキッチン・テーブルをはさんで、妻と熱心に相談し合ったことを、彼はいまでも覚えている。子供たちには新鮮な空気とレベルの高い学校が必要だ、と話し合い、そのための経費の捻出をめぐって、何度も慎重な計算を重ねたものだった。それがいま、ジャッキーは早くも二度目の結婚の準備に汲々としており、ジミーは十年間に十五回も職を変え、トミーは飲んだくれになっている。

みんな自分の子供たちだから、いまでも愛してないわけではない。が、裏庭に立ちのぼる煙を見守っているいま、彼は、戦前の出来事はすべて克明に覚えているのに、戦後起きたことはほとんど忘れているのはなぜだろう、と考えていた。ニューヨーク時代のことは残らず覚えているのに、そのあとのことは朧ろにかすんでいた。ジミー・ウォーカーは覚えているのに、ワグナーの前の市長がだれだったか、まるで思いだせない。

私道に車が入ってきて、砂利石をざあっと踏みしめる音がした。そして、バタンとドアのしまる音。

「そうだ、あの酒場の名は〈ラティガンズ〉だった」彼は誇らしげに言った。「〈パティー・ラティガンズ〉だ！」

ふり返ると、息子のジャッキーが訝しげな顔で突っ立っていた。

「何だい、ラティガンズって？」ジャッキーが訊く。

サリヴァンはぷいっと顔をそむけて、煙に目をやった。「なあに、さっきから思いだそうとしていたある場所の名前さ。べつに大したことじゃない」

立ちあがった彼を、息子がそそくさと抱擁した。サリヴァンは孫たちの顔を見に、家の中に入っていった——雪のふりしきる遥かむかしのニューヨークの街頭と、ある娘のつやつやと輝く茶色い髪を思いだしながら。

3

その年の夏の間中、ペギー・マレイとマーティー・フラッドはどこへいくにも一緒だった。二人だけの毛布と茶色い大型ポータブル・ラジオと新聞を持って、きまって朝早くコニー・アイランドのベイ22にやってきた。そして、われわれ仲間たちから少し離れて寝そべるのだった。マーティーが拳(こぶし)に顎(あご)をのせて腹這(はらば)いになると、ペギーがその背中に日焼けオイルを塗りたくる。二人は小声で話し合いながら、海をながめていた。何を話し合っているのか、われわれには聞えなかった。二人はいつも、仲間たちから距離を置いているようだった。二人だけの小さな繭(まゆ)のような世界にとじこもって、汚れた砂の上にミルクのように砕ける波を寄り添って見つめていた。仲間たちの中で最初にゴール・インするのはあの二人だろう、とだれもが思っていた。

「あの二人、素晴らしいカップルね」と、若い娘たちは口々に言った。昼ともなれば手に手をとって〈メアリーズ・サンドイッチ・ショップ〉にゆき、八月の太陽の下で列に並んでいる二人の姿を、何度見かけたことか。オーシャンタイドのバーの止まり木にすわって、キティー・カレンの歌う『リトル・シングス・ミーン・ア・ロット』に耳を傾けている姿も見かけた。のちには、〈マカーブズ〉か〈ケイトン・イン〉の仕切り席に並んですわっている姿も見かけるようになった。マーティーは瘦身、黒髪で、黒い瞳がいつも強い光を宿していた。ペギーも黒髪で、顔にはそばかすが散っており、笑顔がとてもまぶしかった。彼女はハイ・スクールの最終学年生、彼はウォール・ストリートの会社の事務員。二人は素晴らしいカップルだった。若い娘たちは口々にそう言った。

その秋、若者たちは戦場に駆りだされはじめた。マーティーが徴兵されたことを知ったのは、私がメリーランド州ベインブリッジの新兵訓練所にいたときだった。きっと何もかもうまくいくわ、と私の女友だちの一人が手紙に書いてきた。それによると、入隊に先立って二人はプロスペクト・アヴェニューのハイバーニアンズ・ホールで盛大な婚約披露パーティーをひらいたのだそうだ。それにはみんなが出席し、二人は心から愛し合っている様子だったという。陸軍にとられるといってもたった二年で除隊になるわけだし、その間貯金もできるわけだから、彼が帰ってくると同時に結婚すれば何もかもうまくいくと思う、と私の女友だちは書いていた。

彼女は、婚約パーティーにおけるペギーとマーティーの写真も送ってくれた。あれはだいぶ夜ふけに撮ったのだと思う。マーティーはネクタイをゆるめて、シャツの襟がはだけていたし、黒い髪はくしゃくしゃにほつれていた。その日は、革張りの椅子のくすんだ鋲のように、弱々しい、鈍い光を放っていた。左の手はペギーの手とから み合っていたが、彼女はあらぬ方を見て、まだ起きぬけのような眠たげな色を目に滲ませながらも、例のまばゆい微笑を浮かべていた。彼女がマーティーより老けて見えたのは、その写真が初めてだった。

その冬、鴨緑江を目ざして進撃中に中国軍と激戦を交えた他の多くの若者とともに、マーティーは負傷した。傷は重くないようだ、と私の女友だちは手紙で知らせてくれた。彼は東京の病院に入院しており、万事うまくゆくはず、とのことだった。ペギーのことには一言も触れていなかった。

あくる年の夏、休暇で帰省していた折りに、私はペギーと再会した。彼女はブルックリンのフルトン・ストリートにある〈ロウズ・メトロポリタン〉から出てくるところだった。花柄の黄色いドレスに身を包んで、海兵隊の制服姿の茶色い髪の長身の男と腕を組んでいた。やあ、と声をかけると、一瞬ギョッとした表情を浮かべた。私はそのジャック・コリガンという男に紹介され、彼と短い挨拶を交わしたが、その間彼女はいたたまれないような顔で待っていた。マーティーの名を口にしようものなら泣きだしそうな風情だったので、私は敢えて何も言わず、握手を交わしてからパール・

ストリートの本屋の方角に歩いていった。

あの金曜日の晩、〈ケイトン・イン〉は満員だった。当時大ヒットしていたのは、ジョー・スタフォードの『ユー・ビロング・トゥー・ミー』で、その曲がジュークボックスから何度も繰り返し流れていた。テレビではジョー・ミケーリが金庫のように防備の固いボクサーと対戦中で、巧みなフックを放っては相手のディフェンスの固さを試していた。マーティーはどこにいるんだ、と私は同伴していた女友だちにたずねた。カウンターの奥の裏口の隣に、ペギーが例の海兵隊の男と並んですわっていた。

「帰ってきたのよ、彼。きのう帰ってきたの」彼女は答えた。「正式に除隊してね」

「ここにはもうきたのかい？」

「いいえ。でも、みんな待ちかまえてるわ」

十二時頃になって、マーティーが姿を現わした。髪を短く刈っていて、前より老けてみえた。馬蹄形のカウンターの、入口に近い箇所にぽつねんと立って、だれとも口をきかずに三、四杯たてつづけにウィスキーをあおった。バーの中は騒然としていたが、たくさんの視線がマーティーに注がれていた。私は近づいていって、やあ、と声をかけた。調子はどうだいとたずねると、上々さ、と答えたが、いかにも心そこにあらず、といった体だった。彼の視線は私を通りこして、込み合ったカウンターの奥にすわっているペギーとジャック・コリガンに注がれていた。彼女はこちらに背中を向けて、テレビの画面を見あげていた。が、コリガンはマーティーの視線に気づいて、じっと見返した。私は連れの女友だちのところにもどった。

さらにもう一杯ウィスキーを飲み干してから、マーティーはコリガンのほうを指さして、入口にこいと合図した。表にでろ、というのだ。コリガンもうなずいて、承諾した。二人は上着を脱ぎはじめた。コリガンがカウンターの前の人込みを押し分けて進もうとすると、ペギーが腕をつかんだ。「おねがい、やめて、ジャック！　いかないで！　ね、おねがいだから」その手をふり払ったコリガンは、入口から歩道に出てマーティーと向かい合った。若者たちはいっせいに正面の窓に押しよせた。歩道まで出ていった者もいた。女たちは、バーの中で何事かを期待していた。ペギーですらそうだった。

コリガンは最初の一撃でマーティーを倒した。それからも、マーティーを一方的にぶちのめしつづけた。彼はマーティーよりずっと大柄だったし、腕っぷしも強かった。マーティーはすっかりウィスキーがまわっているところへもってきて、片足がままならなかった。しばらくすると、店の用心棒のレイ・レイ・ティエーリが割って入った。

「さあ、もうそのぐらいにしときな」

コリガンは肩をすくめた。彼には否やはなかった。が、マーティーは、血が滲(にじ)んで紫色に腫(は)れあがった顔をふりたてるようにしながら、ティエーリを押しのけて、向かっていった。一発いいフックが当ったが、たてつづけに二発コリガンのパンチを浴びて、またひっくり返った。けんめいに起きあがろうとしているマーティーのところに、私は歩みよった。

「もうやめろよ、マーティー。忘れるんだ」

「くそ」彼は言った。「あん畜生……くそ」

両目の下がざっくりと切れ、歯がピンク色に血で染まっていた。立ちあがろうとしたものの、また横向きに倒れた。生あたたかい晩だというのに、彼は、毛布もなしに寒さでふるえている子供のようにそのまま横たわっていた。儀式は終った。戦いは終ったのだ。

もしペギーがコリガンと別れて、傷ついたその若者、ある長い夏のあいだあれほど彼女を熱愛した若者とよりをもどしたのなら、この話にもいいオチがついたと言えるだろう。けれども、そうはならなかったのである。数週間後、マーティーはニューヨークにきっぱり別れを告げて去っていった。その後カリフォーニアに定住して結婚し、子供を何人かもうけたとか、不動産業で成功して、いまでは手広く営んでいるといった話が、長い年月の間に、それとはなしにわれわれの耳にも伝わってきた。ペギーは例の海兵隊の男と結婚した。子供もできて、ロング・アイランドでずっと暮らしていた。

すると最近、昔の女友だちの一人がショックと悲哀に打ち沈んだ声で電話をかけてきた。ペギーが、死んだという。癌だったらしい。ガーデン・シティーのどこかで通夜が行なわれるので、私に出席する気があるなら一緒に車に乗せてってくれないか、というのだった。その晩、仕事を終えたあとで、私は彼女と一緒に、死や、結婚や、二人が若い頃に好きだったすべての連中の思い出話にふけりながら車を走らせた。

葬儀場はたてこんでいて、花の香にあふれていた。よそゆきの服装をしたペギーの子供たちは、涙ぐんでもいなかった。長い残酷な病だったので、この夜を迎えるまでに涙は涸れ果てていたのだろう。壁ぎわにコリガンが立っていた。赤ら顔の頬がたるみ、目が血ばしっていた。私が悔みの言葉を述べると、彼はうなずき、私と握手を交わした。私と彼は、そう深く知り合っていたわけでもない。連れの女性を見つけて、外で待ってるから、と私は伝えた。

戸口に立ってタバコを吸っていると、一台のタクシーが近づいてきて停まった。中から男が一人降り立って、運転席の窓ごしに料金を払った。頭の禿げあがったでっぷりした男で、ビロードの襟のついた黒いコートを着ていた。靴が黒く艶光りしていた。こちらにふり向いて、戸口に近づいてきた。マーティーだった。

私には気づかずに、彼は中に入っていった。私はもう一本タバコに火をつけると、車の中にすわって暖をとった。しばらく新聞に目を走らせたものの、いっかな紙面に集中できない。そのうち無線タクシーが一台やってきて、エンジンをかけたまま葬儀場の前に二重駐車した。私は外に降りて、冷たい夜気に頬を撫でられながら、早く女友だちが出てきてくれないかと念じつつ自分の車にもたれかかっていた。

葬儀場の入口の扉がひらいて、まずマーティーが、ついでコリガンが出てきた。マーティーは、ちょっと待ってくれるようにタクシーの運転手に合図した。二人は私をちらっと見てから、道路のわきのほうに歩いていった。見ているとコリガンが、自分よりひとまわり小さな男を見おろすようにして、何事かしゃべりだした。マーティーの手が自分の顔にのびて、親指と人差し指が顎の肉をつまんだ。彼はゆっくりと頭をふった。コリガンはしゃべりつづけている。マーティーはうつむいて、足元の地面を見おろしながら聴いていた。そのうち顔をあげて、何か訊き返した。そのときに見えたのだが、彼はむせび泣いているのだった。コリガンが何か言いつつ身をよせて、マーティーを元気づけるように肩をつかんだ。効果はなかった。マーティーは腰を折り、ひとまわり大きな男は両腕で彼を抱きしめて、しゃくりあげている体を鎮めにかかった。かつて共に愛した女のために泣きながら、二人は長いあいだ相擁して立っていた。やがて彼らは一緒にタクシーに歩みよった。コリガンがドアをあけてやって、くぐもった声で言った。「じゃ、あんたも体を大事にな、マーティー。ありがとうよ、わざわざきてくれて」走りだしたタクシーを見送ってから、彼はハンカチで顔をぬぐいタクシーは三ブロックほど東に進んでから、ながら葬儀場の入口に急ぎ足で消えた。ロング・アイランド鉄道の駅の方角に左折して姿を消した。オーシャンタイドでの最後の夏、朝鮮、そして〈ケイトン・イン〉でのあの夜に背を向けて大陸の向こう側で始めた暮らしを共にしている家族の面々に、マーティーは何と言って出てきたのだろう、と私は思った。彼がニューヨークにいかずにいられぬわけを、家族の連中は理解できたのだろうか。

連れの女友だちが出てきたので、私は都心にもどるべく一緒に車に乗りこんだ。もそもそとタバコをとりだすと、彼女は低い声で言った。「マーティー・フラッドがねえ。嘘みたい」タバコに火をつけてやってから、私はアクセルを踏んだ。彼女は深々と煙を吸いこんで、言った。「信じられないわ、はるばるここまでやってくるなんて」

「そうかな」

「とにかく、マーティーもこれで、心のつかえがおりたでしょうね」

「ああ」高速道路に車首を向けながら、私は言った。「そうかもしれないね」

4

ある晩、〈ライオンズ・ヘッド〉の奥のテーブルで、一緒に飲むはずの女友だちを待っていると、太った男が近よってきた。ぜいぜいと息を弾ませながら話す男で、足だけがやけに小さかったことを覚えている。

「おめえだな、物書きってのは？」男は言った。

「ああ、たしかにぼくは小説を書いてるけど」

「一杯おごりてえんだ」

「酒はやらんのさ、ぼくは」

「何だって？」男はムッとした表情を浮かべた。「酒も飲まないで、物書きなんて商売がつとまんのか？」

「すまんね」私は言った。「酒に関する限り、ぼくはチャンピオンのまま引退したので」

男はテーブルに身をのりだして、顔をぐっと近よせた。

「おめえは最低の物書きだと思うぜ」

「ベストを尽くしてはいるんだがね」

「カウンターの客が、おめえを教えてくれたんだ」男は言った。「おめえがここを根城にしてるって聞いたんでな。それで網を張ってたのさ」

私は『デイリー・ニューズ』の早版を繰りながら店内を見まわし、雑多な客の頭越しに街路に目を走らせた。小雨がふっていた。シェリダン・スクェアの裸の木々の下を、数人の酔っ払いがうろついていた。

「今週の『ヴィレッジ・ヴォイス』で、おめえのことを読んだぜ」男は言った。「こてんぱんにやっつけられてたな」

「それがどうしたい?」答えながら、私は自分の本の書評を思いだしていた。「それが評論家の仕事なんだから、仕方ないさ。作家をこてんぱんにやっつけるのがね」

「めったにやられてたじゃねえか」男は薄笑いを浮かべた。

「あの評論家はまだ若いんだ。きっと、自分でも創作に手を染めるようになれば、考えを改めるだろうよ」

「でも、おれは溜飲(りゅういん)がさがったぜ」太った男は言った。「おめえはおれの女を盗んだんだからな」

「何だって？」私は街路から彼の手に視線をもどした。

「おめえのことは、彼女からみんな聞いてんだ」

「その女性の名前は？」

男は女の名前を告げた。まるで心当たりがない。その通り男に伝えたのだが、彼はぜいぜい息をしながらしゃべりつづけた。

「おれたちは幸せだった。四年間、付き合ってたんだ。するとある日、彼女はこの小汚ない店でおめえと出会った。何もかも白状したんだぞ、あいつは。おめえはまず、おれの女を高級ディスコの〈ステュディオ54〉に連れていって――」

「ちょっと待った。ぼくは生れてこのかた、〈ステュディオ54〉には一回しかいったことがないんだぞ。それも、男性に連れてってもらったんだ、同僚の新聞記者に」

「うそだ」彼は言った。「こっちは何もかもお見通しなんだからな、おめえのことは。そうとも、おめえはおれの女を〈ステュディオ54〉に連れてゆき、それから〈21〉に連れてゆき、それからメトロポリタン博物館なんぞに連れてったんだ！　おれの女をあそこに連れてって、あの小汚ない古代エジプトのガラクタなんぞを見せたくせに！それからいいとこ見せようと、本のことなどさんざん吹きこんだだろう。だからあいつはいっちまったんだ！」

「まあまあ、そう興奮しないですわれよ」私は言った。「落着いて話し合おうじゃないか。その女友だちの写真は持ってるかい?」

男はぜいぜいと息を弾ませ、憤懣やるかたないといった調子で両手をふりまわしていたが、私の正面に腰を下ろして財布をとりだした。しばらくあちこちまさぐってから、一枚の写真を引っぱりだした。悲しげな、うるんだ目をした、三十代の黒髪の女がうつっていた。口の両端に深い皺が刻まれかけている。

「素敵な女性じゃないか」私は言った。「でも、誓って言うが、ぼくは一度も会ったことはないね」

「でたらめ言うな! あいつが嘘などつくもんか」

「いや、ついたんじゃないかな」私は言った。「いまどこにいるんだい、彼女は?」

「知るもんか。おめえのところに転がりこんでんだろう、どうせ」

「彼女に電話してみようじゃないか」

とたんに、男の口調は弱々しくなった。「いや、そいつはお断わりだ」

「かまわんじゃないか。最初にぼくがでて、それからきみにまわすよ」

「だから、いやだと言ってんだよ。そんなことしたら、おれがまだあいつに気があると思われるぜ。おれはあいつに、勝手にしろ、と言ってやったんだ。〝あんな三文文士のどこがいい? あんな野郎など、この街じゃ十把一からげで大安売りされてら〟とね」

「その女性とは、どこで知り合ったんだい？」

「〈ローズランド〉って店だがね」ささやくような声で、彼は言った。

「じゃあ、その店に電話をかけてみようじゃないか」私は言った。「ぼくの女友だちが着いたらそこに一緒にいって話し合えばいい」

「あいつは、おれと一緒でなしにあんなとこにいくような女じゃねえんだったら！」

彼は声を張りあげた。

私は腕時計に目を走らせた。きょうのデートの相手は、もう一時間も遅れている。

「しかし、彼女が一人でそこにでかけたことが、少なくとも一回はあるはずだな」私は言った。「つまり、きみが彼女と知り合った晩さ」

「あの晩あいつは、妹と一緒だったんだ！」彼は言った。「あいつは真面目な女だからな。しょっちゅう外出して、男とほっつき歩くような女じゃねえんだ！」

「じゃあ、なぜきみは、彼女がぼくと付き合っているなんて思いついたんだ？」

「あいつが自分でそう言ったからさ。例の喧嘩をした晩にな！」

「喧嘩を？　じゃあ、彼女を殴ったのかね？」

「おれは女を殴るような男に見えるかい？」

「いや」私は嘘をついた。「で、喧嘩の原因は？」

彼の口調は、また弱々しくなった。「あいつは結婚してくれとせがんだんだ」

「じゃあ、結婚してやればよかったじゃないか」私は言った。「結婚してなぜいけないんだ？　素晴らしいぞ、結婚は。実に素晴らしい。あのカウンターにいる男たちのだれでもいいから訊いてごらん。連中もみんな、一度は結婚しているんだから」

「おれには女房がいるんだ！」彼は叫んだ。

ジュークボックスからは、レイディ・デイのうたう『イン・マイ・ソリテュード』が流れていた。いま、一人きりで彼女の歌を聞いているのならいいのだが、と私は思った。そして、つぶやいた。「ちょっと、こんがらがってきたな」

「しかも、女房のやつはまだ愛してるんだ！」

「おい、まさかその相手もぼくだというんじゃないだろうね！」

「お生憎さま、おれなんだよ、女房が愛してるのは！」

私はウェイトレスに手をふって、ブラック・コーヒーを一杯と、私の新しい友人が飲んでいるものをもう一杯注文した。それから、新聞をたたんで尻に敷いた。

「よし、じゃあ、こうしたらどうだい」彼の理性に訴えるように、ゆっくりと私は言った。「いまの奥さんと離婚して、〈ローズランド〉で知り合ったその女性と結婚するんだ」

「そんなことしたら、子供たちに悪影響があるだろうが」彼は言った。

「いくつだい、お子さんたちは？」

「二十七と二十九」

「きみは、その子たちが老衰で死ぬかどうかするまで待とうってのかい？」

「面白くもなんともねえぜ、そんな冗談は」

「まあ、もう一杯飲めよ」

「こんどはおれがおごらあ」

しばらく沈黙してから、彼は言った。「おれはそんなにトチ狂ってるわけじゃないぜ。いつか、すごいチビの女に惚れこんでしまった野郎がいたよ。その女ってのは、小人より一インチほどでかい程度の女だった。小人とはちがうんだ。すごいチビなだけでな。そいつときたら、すっかり彼女に熱をあげてしまった。おれはそれほどひどいわけじゃない」

「ああ」私は言った。「きみはただ、中ぐらいに頭がおかしいだけだ」

「そんなふうに見えるかい？　おれの顔にそう書いてあるってのかい？　世間の連中がおれを見て、〝おい、こいつは気違いだ、きっと女が原因だろう〟とでも言うってのかい？」

「いや、それほどはっきりは見抜けんさ」

ウェイトレスが、コーヒーと酒を運んできた。私は腕時計に目を走らせた。

「おめえはいつも一人でここに入りびたってんのか？」男が訊いた。

「いや、ときにはうちで物を書いてることもある」

「おめえのデートの相手はどうしたんだ?」

「さあね」と、私。

男はグラスを半分ほど干してから、こっちを見やった。「実を言うと、おれはおめえの本は一冊も読んでないんだ」

「どれか読んでみたらどうだい。きっと楽しめるから」

「おめえは絶対に、おれの女を盗んじゃいないな」

「そうこなくっちゃ。だんだん正気にもどってきたようだぞ」

ウェイトレスに勘定を頼むと、太った男がさっと伝票をつかんでしまった。「おれが喧嘩を吹っかけたんだ、おれが払うよ」

「ありがとう」私は立ちあがった。

「おめえは結局、すっぽかされたってわけか?」

「そうらしいね」

「でも、こんな夜遅くに、どこにいこうってんだい?」

「どこかで、また運試しでもしてみるさ」私は答えた、「ひょっとすると、小人と恋に陥るかもしれない」

5

戸口にスーツケースを置いて、娘の頬(ほお)にキスをする。それから、娘の両手を握りしめると、老人は彼女のわきを通り抜けて室内に入った。かなりの広さのある、大きな居間だった。彼女の二度にわたる結婚生活が残した家具の数々が、灰色の午後の光に洗われている。版画や絵画も少なからずあった。壁の本棚には、彼女が物心ついて以来読んだ本がぎっしりとつまっている。窓ぎわのオーク材の円卓のかたわらで立ち止まった老人は、ふり返って娘に笑いかけた。その顔は、フロリダの太陽に焼かれて、つやつやと光っていた。老人がニューヨークに帰ってきたのは久方ぶりのことだった。

「いい部屋だ」

「あたしも気に入ってるの」娘は答えた。「居心地がいいしね。よく言われることだけど、いまどきの普請(ふしん)じゃとてもこうはいかないわ」

「そうとも」彼女の父親は言った。「いくら頑張ってみたところで、こういう仕上げは望めんさ。だいいち、腕ききの職人がいないからな、左官にしろ、大工にしろ――年季の入ったヨーロッパ系の職人がみないなくなってしまった。こういう技術を心得てる者が、もうおらんのさ」

「本当にそうね。それはそうと、お酒つくろうか?」

「ああ、頼む」

彼女は居間の反対側にいって、バーボンとソーダをミックスしはじめた。窓外をながめやる老人の耳に、四角い氷がチリンとグラスにぶつかる音が聞えた。セントラル・パーク・ウェストは、車の往来が激しかった。公園の木々は、緑にもえたつ若葉に蔽(おお)われている。鉄色の水をたたえた池の周囲で、子供たちが遊んでいるのが見えた。公園の向こう側の木々の上に、遠い壁のようにそびえているのは、五番街のビル群だった。

「ソーダが多すぎるようだったら、バーボンはいくらでもあるから」

「ありがとう」ややかしこまって頭をさげてから、老人はまた公園に視線をもどした。

「あちらの冬はどうだった?」娘がたずねた。

「ああ、よかったよ。くる日もくる日も、こちらの冬がいかにみじめか、という記事を読んで暮らしてたんだ。こっちの雪がうらやましいよ、とでも言ってやりたいところだが、言えば嘘(うそ)になるからな」

娘に向かってにこやかに笑うと、彼は窓枠にもたれかかった。

「今夜の舞台の切符を用意してあるのよ」娘が言った。「サイ・コールマンの新作なの。『アイ・ラヴ・マイ・ワイフ』っていうんだけど」

老人の顔に、微かな笑みが浮かんだ。

「ミュージカルよ」

「けっこう。それは楽しみだ」

彼は窓に向き直り、グラスの酒をすすりながら黙然と公園をながめやった。

「ねえ、何を考えてるの、お父さん？」娘が訊いた。

「おまえは相変わらず同じことを訊くんだね。まだ小さな子供の時分から、おまえは何かというとわたしにそうたずねたもんだ」

「ほんとう？」

「ああ。おまえはいつも、わたしが考えてることを知りたがったものさ」

「それで、何を考えてるの、お父さん？」

老人はテーブルのそばの椅子に腰を下ろし、足を組んで、暮れなずむ空をながめた。

「いま考えてたのは、むかし、公園の向こう側の、五番街と七十一丁目の角の家にみんなで住んでいた頃のことさ。おまえと、おまえの兄と、母さん、それから、わたしとでな。あの頃はよく夜になると窓辺にすわって、公園の向こうをながめながら、ウェスト・サイドの住み心地はどんなものだろう、と考えたものだった」

「そうだったの」娘は笑い声をあげた。「いまはその答もわかるわね」

「ああ。それともう一つ。おまえが、そうだなあ、六つか七つの頃に、母さんがおまえに買ってやった黄色い夏服のことも考えていたよ。みんなで五番街を歩いたとき、あの服を着たおまえはなんと可愛かったことか。あの頃、ヨーロッパでは戦争が勃発したばかりで、軍服姿の若者たちが颯爽と闊歩してたっけ。あのとき、おまえの兄は、〈FAOシュウォーツ〉の店で飛行機を買ってくれとせがみおってなあ。ゴム動力の模型飛行機だったが」

「そのくらいにしときましょう、思い出話は」

「それから、家族がみんな揃っていた、三十年代の夕方の情景も思いだしていたんだ。あの頃、六十九丁目の、公園のすぐ内側には、セントラル・パーク・カジノがひらかれていたものさ。ジミー・ウォーカーが女友だちのためにつくったところでな。カジノの隣には、たしか〈オレンジ・テラス〉とかいうキャフェテリアがあったっけ。そこに生えていた木は、イギリスの皇太子が植えたものだという話だった。そう、あの頃はだれもが夜ふかしをしたものさ。約十年というもの、みんなが夜ふかしをしたんだ」

「ねえ、また気持が昂ぶると、体に毒だわ」

「最初の頃は、まだ禁酒法が廃止されていなかった。で、われわれが自前の酒を持ち寄ると、店では下ごしらえに必要なものを色々と用意してくれたものだ。そのとき玩具のトンカチもわたしてくれてな。だれか見知らぬ人間が入ってくると、そいつでアイス・バケットや空き壜を叩いて、互いに知らせ合うんだ。プレイボーイ市長で鳴らしたジミー・ウォーカーなどは、毎晩のように顔を見せおったよ——見るからに生きのいい、好男子だったな、彼は。近頃人気のあるレッドフォードという俳優に似ていた。それからあそこには、大した楽団も揃っていたんだ。当時はどの歌も、ロジャーズとハートの手になるものだった。どれもみんなそうなのだ。いや、コール・ポーターの歌もまじっていたっけ。わたしは夜の明けるまで、おまえの母さんと踊ったものさ。あのときの母さんの、なんと美しかったことか」

「それはみんな、むかしのことじゃないの」

「そうとも、なにもかも、むかしむかしのことさ。元の家に住んでいたあの頃、夜になると、わたしはもうウズウズしてくるんだ。外出の仕度をしながら、文字通りウズウズしてきて、居ても立ってもいられなくなるのさ。出かけるのが待ちきれんのだ」

「お父さんは燕尾服を着てたわね。あたし、覚えている。だって、とても滑稽に見えたんですもの」

「ああ、あの燕尾服な。あの頃はみんな盛装して出かけたものさ。白いタイに燕尾服で。おまえの母さんは、白い繻子のイヴニングだった。ダウンタウンの不動産事務所から帰ってくると、わたしは一歩うちに踏みこむなり外出の用意をはじめるんだ。母さんの用意はもうとっくにできている。あの白い繻子のイヴニングが、わたしは大好きだった。それを着る母さんも、心の底から好きだったが」

グラスに手を触れようともせずに、老人は長いあいだじっと窓外をながめていた。その肩を、娘が軽く叩いて言った。

「サンドイッチでもこしらえましょうか、お父さん」

「いや、くるとき飛行機で食べたから腹はすいとらんよ。ありがとう」

「ねえ、あまり思い出話にふけるのは考えものよ、お父さん。きまって気持を昂ぶらせてしまうんですもの。もう、みんな終ったんだから」

「そう、あれからしばらくしてすべてが終ってしまったんだ」老人は言った。「おまえは、あの羊を覚えているかな？　あの頃、セントラル・パークの野原には羊がいたんだ。何百頭とな。ちゃんと羊飼いもいて、朝になると羊たちを野原に連れてきていたっけ。羊たちは草を食みながら一日中野原を移動していた。そこへ、ロバート・モウゼズが介入してきた。ラ・ガーディアが市長に当選したとき、モウゼズが羊をみんな追いだしてしまったのだ」

「その話ははっきり覚えていないわ。あとでお父さんから聞かされたんだったかしら」

「それが何年だったかは、覚えてないのだがね。モウゼズはカジノも閉鎖してしまった。あれは金持ち連中のためのものだ、と言ってな。この不景気な時代にあんなものを公園で営業さしとくわけにはいかん、というのさ。で、ある日、彼はブルドーザーを動員してカジノを打ち壊し、シャベルで地面をならしてしまった。あれは金持ち連中のためのものだというんだが、まあその通りだったかもしれん」

娘はからのグラスを父親の手からとると、バーボンを少し氷にふりかけて、ソーダをたっぷりと注いだ。自分にもスコッチのオン・ザ・ロックをつくると、彼女は父のもとにもどってきた。彼はひとまわり小さくなったように見えた。そして、ひっそりとすわっていた。

と、不意に老人は言った。

「母さんは、なぜわたしと別れたんだろうな？」

「よしましょう、お父さん、そんな大昔の話は」

「おまえの兄が戦死してから、何もかも変わってしまったんだ。そうだろう？　大戦が終ったとき、これでもうおまえたち二人は安全だ、とわたしは思った。ところが朝鮮戦争が起きた。あの戦争の意義は、とうとうわからなんだ。朝鮮戦争だけは、いまもって理解できん」

空はすっかり暗くなり、公園の彼方に五番街の灯が瞬きはじめていた。

「ねえ、劇場にでかけるまで、ひと眠りしたら?」娘は静かに声をかけた。老人は彼女に背中を向けている。「ね、そうしなさいよ、まだ二、三時間はあるから」

老人は、グラスの氷をカチンと鳴らして言った。「いや、しばらくここにすわっているよ。ここで、公園の灯がともりはじめるのをながめていたほうがいい」

6

その女は年の頃三十、カールした茶色の髪ときれいな歯並(はな)みの主で、しゃれたドレスを着ていた。ところはブルックリンのユニオン・ストリートに面した〈キャンパーダウン・エルム〉。そのカウンターで、彼女はピンク色の液体を飲んでいた。すでに午前零時をまわっていた。開きっ放しのドアを通して、小止(こや)みなく降りつづいている雨の音が聞えた。

「あんた、郵便配達員と恋をしたことがある？」彼女は訊(き)いた。

「いやあ、それはどうかな」と、私。

「やめたほうがいいわよ。郵便配達夫は最低だから」

「その話、聞かせてもらおうじゃないか」吐息まじりに私は言った。

「はじまりは去年だったの。あたしは小鳥のように自由だったわ。ウォール・ストリートの近くの印刷所で、ゲラの校正をするのが仕事だった。午後一時に出勤して、帰るのが八時。ということは、かなり夜ふかしをしてもクビにならずにすむ、ってわけよ。ほんとに、小鳥のように自由だったんだから。そこへ、フェンテスが現われたんだわ。郵便配達員が」

「そいつの容姿は？」

「それほど大柄ではなくて、身長は五フィート八インチくらいだったかしら。例の灰色の制服を着て、郵便のたくさん入った小さなカートを押してるの。どこといって特徴のない男だけど、笑顔が独得なのよ。六ブロック先からでも目立つような笑顔なんだから」

「きみはそのとき、どこにいたんだい？」

「玄関前の階段よ」彼女は言った。「とても気持のいい夏の日だったわ。そこへあの男がカートを押しながらやってきたの。あたしに何通か手紙をわたしてから、〝ご機嫌いかが、スィートハート？〟そして、例のいやったらしい笑顔を向けるんだ。あたしは胸の中でつぶやいたわ――スィートハートだなんて、いったいどういうつもりだろう？　そもそもこの男は何者なんだろう？　だからあたし、氷のように冷たい無表情な顔で見返してやったの。どう見たって相手は郵便配達員だとは思えないの。正真正銘のキ印って感じね。このニューヨークで、やたらニコニコしながら道を歩いててごらんなさい、末は精神病院送りにきまってるでしょう」

「で、彼はスペイン語の歌かなんか口ずさみつつ遠ざかっていったわ、郵便を配達しながら。あくる日にまわってきた彼は、また同じように振舞うんで、こっちもまた氷のように冷たい無表情な顔で見返してやった。すると彼は例の笑いを浮かべて、スペイン語の歌をうたいながら次のブロックに遠ざかっていくのね。それが三日目になると、彼はあたしをファースト・ネームで呼びはじめるじゃないの、あたし宛の手紙を見て覚えたわけよ」ピンク色の液体を威勢よく喉に流しこんでから、彼女は外の雨を見すかした。

「まさにね」

「それが翌週の月曜日になる頃には、あたし、郵便の配達が待ちきれなくなってしまったの。朝起きて、服を着ると、もう窓の外にちらちらと目をやりはじめたりしてね、あのキ印の、気違いじみた魅力的な笑顔が見えないかと思って。あいつは絶対に、ふつうの人間より歯が六本よけいにあったと思うんだ。でも、あたしはまだ、彼の前でしなをつくったり、思わせぶりな仕草をしたりなんか一度もしなかったのよ。ただ、本当を言うと、いつのまにか、なるべくきれいなドレスを着るようになったの。まるでダンスにでもいくみたいにね」

彼女はグラスを干し、カウンターを叩いてお代わりを注文した。

「そのうちに、ある日のこと、彼は切手の貼ってない小包みをわたして、にこっと笑い、いつものように歌いながら遠ざかっていくの。さっそくあけてみたわ、その小包み。なかには、笑顔を形どった大きなボタン型のバッジが入っていた。あの〝楽しい一日を〟ってスローガンが印刷してあるスマイル・バッジよ。その下にはクレヨンで、〝郵便配達員のフェンテスより〟って書いてあった」

「なるほど、やるもんだね」

「まさにそれ、〝やるもんだね〟よ。あたしはそのとき冷静をとりもどしたの、自分はあの男につけ入る隙を与えちゃったのかもしれない、って。だって、こっちはあの男のこと、何ひとつ知らないわけでしょう、とんでもない変質者かもしれないのに。それに、当時のあたしは、小鳥のように自由だったんだから。で、それから三日間、あたしは玄関前の階段に下りていかなかった。窓のカーテンの陰からのぞくと、フェンテスはとぼとぼと通りを歩いていたわ。あの笑顔はすっかり影をひそめちゃってるの。ただ黙々と郵便を配って歩いているだけ」

「雪の日も霙の日も――」

「そうなのよ」カウンターに置かれたお代わりを、彼女はかなりの勢いであおった。「そのうちにあたし、なんだか気の毒になってきたの。だって、彼のしたことと言えば、あたしにスマイル・バッジをくれたことだけじゃないの――そう、あたしは胸につぶやいたわ。だからって彼がチャールズ・マンソンのような男だとは限らないわ、って。それで次の月曜日、あたしはまた階段に出てみたんだ。近づいてきた彼は、むっつりした顔であたしに郵便をわたすだけ。で、あたし、声をかけたの、〝ねえ、あの笑顔はどこにいったのよ？〟彼は答えたわ、〝だって、あんた、おれのこと怒ってんだろう？〟で、あたしは、だれのことも怒ってない、って言ってやったの」

彼女はピンク色の液体を一息に干してしまった。

「それがきっかけで話がはずみ、彼はあたしに一杯おごりたいと言いだしたわ。午後は仕事でふさがってるんだ、と説明すると、拗ねた子供のように、〝そうか〟って言うの。ただ、〝そうか〟の一言だけ。もう四十を越した男が、よ。で、あたし思ったの、これまで病気休暇を一日もとってないんだから、一度ぐらいずる休みをしたっていいじゃないか、ってね。で、会社に電話で病欠すると伝えて、その日の午後、〈スヌーキー〉で彼と落ち合って一緒に飲んだのよ」

バーテンが近よってきて、彼女の前にお代わりを置き、カウンターを軽く叩いた。その分は店のおごりだ、という意味である。

「飲みはじめると彼は、やたらとつまらないジョークを連発するの。あたしはいつのまにか身の上話をはじめたりしてね。あたしがまだ一度も結婚したことがない、って言うと、信じられないって様子だった。こんどはこっちのほうから、あんたは結婚してるの、って訊いたら、答はイエス。彼はもう一杯飲んで、いまの女房との暮らしには我慢できないんだ、って言うの。じゃあなぜいまも奥さんと一緒に暮らしてるの、って訊くと、わからない、って言う。それからまたジョークを三つばかり話したわ。それがどれもこれも陳腐なジョークでね。でも、あの妙ちくりんなスペイン語訛りで本当に愉快そうに話すもんだから、あたしもけっこうおかしくなって笑っちゃってね。あとで彼、あたしをうちまで送ってきてくれて、戸口でおやすみを言って帰っていったわ。これっきりにしたほうがいいな、って、あたし思ったの」

「ところが、これっきりにはならなかった」

「そうなのよ、たいてい、これっきりじゃ終らないのよね」

バーテンがカウンターの背後にまわって、入口のドアをしめた。雨が激しく窓を叩いている。

「それからというもの、彼は毎日のように何かしら新しいこまごまとしたプレゼントを持ってくるの。花とか、ミッキー・マウスの絵とか、小さなスカーフとか。そして口をひらけばジョークの連発。プエルト・リコのジョーク、キューバのジョーク、ドミニカのジョーク。それにポーランドのジョーク。そのうち映画を一緒に見にいくようになる。彼があたしの手を握る。キスをする。そして気がついたら、あたしはポーランドのジョークを話すプエルト・リコ人の郵便配達夫に恋していて、彼はあたしに惚れていた、というわけ」

「ねえ、きみ」私は言った。「そのピンク色のやつはゆっくり飲んだほうがいい。あとで急にきいてきて、立てなくなるぞ」

「だから飲んでるんじゃないの、馬鹿ね。で、彼の話だけど、そのうち、奥さんと別居してあたしのうちの近所に部屋を借りる、なんて言いだしたのよね。少しでもあたしの近くにいたいから、って。で、あたしの休暇がいつだって訊くから教えてあげると、彼ったら奥さんに、仕事のつごうで出張しなくちゃならない、って言ったらしいんだ。そしてあたしたち、一週間ほどマイアミに旅行したの。本当はプエルト・リコにあたしを連れていきたいんだけど、奥さんの親類にばったり会うかもしれないし、連中は彼が奥さんを嫌いになった理由が理解できないだろうから、って言ってたわ。なぜ奥さんが嫌いになったの、って訊いたら、いくらジョークを話しても笑わないからだ、って言ってたっけ。それはともかく、マイアミは素晴らしかった。あたしたち、毎晩キューバ人の酒場に踊りにいったのよ。そして最後の晩に、彼はあたしに求婚したの」

「女房とは別れるから、二人で幸せに暮らそう、というわけだ」

「ええ、でも彼は真剣だったのよね。あたしもそうだったけど。それから、土曜日にニューヨークに帰ってきて、あたし、いいわ、って言ったの。奥さんと離婚できたら結婚する、って。彼は例の、四十四本の歯を総動員した笑みを浮かべて、ブロンクスのどこかにある家に帰っていった。きょうこそは女房と話をつけるから、と言ってね、明日には吉報を持って会いにくるから、って。

あくる日になったら、彼はやってこないの。その代わり、十六、七くらいのプエルト・リコ人の女のコが、じっとあたしの家をながめていた。しばらくすると、いなくなっちゃったんだけど。次の日、月曜日になったら、新顔の配達員がまわってくるじゃないの。〝ねえ、フェンテスはどうしたの？〟ってたずねたら、そんな男なんか知らない、っていうのよ。

火曜日になっても、フェンテスはやっぱり姿を現わさない。で、水曜日になったら、手紙が届いたのよ、ええ、彼から。もうあんたには会えない、って書いてあった。何もかもとんでもない間違いだった、って。自分はもう年をとりすぎていて、新しいスタートを切るのはとても無理だ、実はあんたとの関係を娘に見つかってしまったんだ、娘はさんざん泣きわめくもんだからあんたとはもう二度と会わないと約束せざるを得なかった、郵便局には転勤を申しでた、もう二度とあんたをわずらわせるようなことはしないよ、色々と迷惑かけてごめんよ、そう書いてあったわ」

「それで一巻の終り？」

「そう、一巻の終り」

「気の毒に」

「くだらないジョークを話すプエルト・リコ人の郵便配達員とは、絶対に恋なんかしないほうがいいんだから」

「わかった」私は答えた。「十分注意するよ。ところで、コーヒーでも一杯どうだい？」

「いらない」ふるえを帯びた声で、彼女は言った。「それより、うちまで車で送ってくれない、ねえ」

7

わが家の近所にあった素晴らしい酒場、〈ラティガンズ〉でよく見かけた頃のダーティー・サムはいつも一人で飲んでいた。カウンターのあいているところに立ってフォアローゼズを注文し、胸を張って直立したまま、ショット・グラスでぐいぐいと小気味よく喉(のど)に放りこんでいた。当時、すでに五十の坂を越していただろう。くすんだ肌に静脈の浮いている顔、顎(あご)にはゴマ塩の無精ひげを生やし、一年中いつ会っても、黒く染めた、薄汚れた陸軍の外套(がいとう)を着ていた。話しかけられれば口をきくが、自分から人に頼み事をしたりはせず、酒場の常連たちが交わし合うような、いい加減な与太話などは決してしなかった。

ときに、にぎやかな会話のなかに二言三言口をはさむこともないではなかったが、それは必ずと言っていいほど、意見の分かれている事柄の決着をつけるためだった。たとえば、一九四五年に活躍したセントルイス・ブラウンズの三塁手の名前を教えたり、ある曲を作曲したのはコール・ポーターではなく、ハロルド・アーレンだと断言したり。が、彼の口から洩れるのはそれくらいで、もっと話を敷衍したり、面白おかしく潤色したりすることはもちろん、自慢めいた話や人のご機嫌をとるような話などは決してしない。黙ってフォアローゼズを飲んで、ふらっと出ていくのが常だった。ときどき、あの界隈の別の場所でも彼を見かけることがあった。晴れあがった寒い午後にガター靴店のウインドウをのぞいていたこともあれば、ラインゴールド・ビールの六本入りのパックを買うために、ブラーレン食料品店の前に忍耐強く並んでいることもあった。春になって寒気がゆるんだ頃、プロスペクト・パークの壁ぎわのベンチにぽつんとすわっていたこともある。彼が新聞を読んでいるところや、人に挨拶をしているところには一度も行き会ったことがない。もっとも、あの界隈では、それは別に珍しいことでもなんでもないのだ。他人に自分の身の上を語ろうとしない人間は、なにもブルックリンでダーティー・サム一人ではなかったのだから。彼の仇名は近所の悪童連がつけたのだが、その悪童連も本人に面と向かってダーティー・サムと呼びかけることは決してなかったように思う。

　冷たい霙まじりの嵐が吹き荒れた、二月のある晩のことだった。私は看板の一時間前に〈ラティガンズ〉を後にして、家に向かった。大通りをわたりかけたとき、〝ミスターB〟のキャンディー・ストアの戸口で何かしら動くものが目に留まった。サムかがみこんでいた。かがみこんで両腕をつかみ、ぐいっと引起したとき、どんよりとくもった灰色の目がひらいているのに気がついた。

「大丈夫かい、サム?」私は声をかけた。

「ああ。ああ。放っといてくれ」声はくぐもって、かすれていた。目もすわっている。

「さあ、いこう。うちまで送ってあげるよ」

「放っといてくれ」

「こんなとこにいたら凍死しちまうぜ、サム」

「放っといてくれと言ってるんだ、若いの」

だが、私が抱え起すと、逆らおうとはせずに立ちあがった。と思うと、ぐらっと前につんのめり、深く息を吸いこみ、またぐらっとつんのめってからドアにもたれかかった。酔っているのではない。苦渋と疲労に打ちひしがれているだけのようだった。

タクシーを止めて、半ば押し込むようにして乗せたのだが、住んでいる場所をたずねると、むっつりと押し黙って答えてくれない。

「なあ、その爺(じい)さん、ゲロでも吐くんなら」運転手が言った。「降りてもらいてえな」

私は運転手に、彼は酔っているんじゃなく、気分が悪いだけなんだ、と告げ、何かあったら自分が責任をもって始末するから、と請け合った。それでもサムはとうとう、四番街とサケット・ストリートの角で降ろしてくれ、とつぶやき、タクシーは霙でぬかった道路を疾走した。四番街に達したところで、われわれはタクシーを降りた。サムはちらっと私を見やってから、ふらふらと歩いていこうとする。私は運転手に待ってもらった。するとサムは、肩越しにふり向いてから、近くのアパートメントの戸口に飛びこんだ。

「おい」さっと正面に向き直るなり、彼は言った。「放っといてくれと言ってるのが聞えないのか？」

「いや、聞えたよ」

「じゃあ、放っといてくれ！」

それから二、三週間というもの、サムは〈ラティガンズ〉に姿を見せなかった。ある晩ドアをあけた彼は、カウンターの私に気づくと、くるっと背を向けてどこかにいってしまった。それから一週間後の晩、〈ラティガンズ〉は洗礼の儀式帰りの連中で満員だった。ドアをあけた私は、カウンターの端にサムがすわっているのに気づいた。向かい側の鏡の中で、彼の目がこちらを見守っていた。酒場の中には、にぎやかな歌声があふれていた。しばらく時間を置いて、ビールを二、三本飲んでから、私は彼のそばに近よって言った。

「この間の晩のことだけど、あんたをタクシーで送ったとき、何か気にさわるようなことをしたんだったら謝まるよ」

彼はさっとこっちを向いた。灰色の目の中で、小さな緑色の点が光っていた。「あんた、小ざかしい顔をしてるが」彼は言った。「自分が何をしたのか、わかっちゃいまい？」ああ、そうなんだ、と答えると、彼は言った。「あんたはな、おれの領分を侵したんだよ。小ざかしい顔をして、おれの世界に土足で踏みこんできたんだ！」

それっきり、ぷいっと顔をそむけるので、私も彼に背を向けてもどってきた。もちろん、彼の言う通りだった。私は安っぽい同情心から彼に近づいたのであり、そのお返しに彼は、私の青くさい感傷にぐさっとナイフを突き刺してみせたのである。その晩私はしたたかに飲み、以後しばらくのあいだ〈ラティガンズ〉から遠ざかっていた。数週間後のある土曜日の午後、私は久しぶりに〈ラティガンズ〉に寄ってみた。ビールを飲みながらテレビの競馬中継に見入っていると、バーテンのジョージー・ロフタスが近よってきて、ダーティー・サムが死んだよ、と言った。私は愕然（がくぜん）とした。

「ゆうべのことさ。〈フィッツジェラルド〉のカウンターにすわっていて、ポックリといっちまったらしい。死体はキングズ郡の安置所に運ばれた。悲しい話さ。天涯孤独、ってやつだったんじゃないか、サムは」

私のショックの一半は、肝心なところではぐらかされたという思いに起因していた。私には、あらためてサムに言いたいことが山ほどあったし、色々と知りたいこともあったのだ。ビールを飲み終えると、私はふらっと外にでて歩きだした。一時間後には、サケット・ストリートに立っていた。

プエルト・リコ人の家主を説得して、サムの部屋を見せてもらう許可を得るには、しばらく時間がかかった。こっちはサムの姓すら知らないのだからむりもない。が、家主は、サムのような奇矯な人間には奇矯な知人がいてもおかしくないと思ったらしく、結局は部屋に入るのを許してくれた。

サムの部屋は二階にあった。家主の手でドアがあけられた瞬間、われわれはしばしその場に立ちすくんだ。二部屋から成るせまいスペースは、修道院の内部のように塵ひとつなく整頓されていたのである。裸のままの木製のテーブルには、きれいな皿が一枚とナイフとフォークが並べられており、そのわきには椅子が一つ、きちんと置かれていた。冷蔵庫の中には、卵が二個に、セロファンで包まれたイングリッシュ・マフィンが一個、それと四分の一ポンド分のバター。リノリウムの床は、しみ一つない。隣の部屋には、家具がたった一つ置かれていた。狭いベッドがそれで、シーツの四隅はきちんとマットレスの下にたくしこまれており、毛布は陸軍風にその脚元にたたまれていた。

壁は白いペンキで塗装されていた。隅にはクローゼットの扉が一つ。サムはテレビもラジオも持っていなかった。電話も、書物も、時計すらも。

「なあ、あんた」ぞっとしないような口調で家主が言った。「この部屋で何を捜そうってんだい、いったい？」

「だれかの名前、住所、何でもいいんだ」私は答えた。「だれか一人ぐらいは身寄りがいるんじゃないかと思って」

「身寄りのない人間なんて、この辺じゃ掃いて捨てるほどいるぜ」

私はクローゼットの扉をあけて、明かりをつけた。棚の上にはきちんと丸めたソックスが三足、針金のハンガーにはデニムのシャツが一着かかっていた。床には小型トランクが置いてあり、その上に、よく磨かれた空挺隊員用のブーツが一足のっていた。小型トランクの蓋（ふた）の掛け金には、小型の南京錠がぶらさがっている。家主をふり返って、こじあけてもかまわないか、と目顔でたずねると、彼は肩をすくめて、道具用のベルトからネジまわしを一丁とりだした。私はそいつを掛け金に通して思いきり下に押し、静かに息を吸いこんでから、蓋をもちあげた。

「こいつはきれいだ（カラーホ）」家主が言った。

まさしく〝カラーホ〟だった。トランクの中には女物のドレスが四着入っていたのである。黄色、鮮やかなオレンジ色、暗赤色、そして白。いずれも生粋（きっすい）のシルクで、いかにも豪奢（ごうしゃ）な手ざわりがした。一着ずつ家主の手にわたすたびに、さらさらという音がしたことを覚えている。おそらく、それらのドレスの持ち主は、小柄な女性だったのにちがいない。子供だったとしてもおかしくはない。家主はどぎまぎした表情でそれらをながめ、飾り気のないベッドの上に一着ずつ並べて置いた。

それらのドレスの下から現われたのは、海兵隊士官の礼装用軍服だった。きちんとアイロンをかけてたたまれており、ひも飾りやリボンがクローゼットの電球の黄色い光に華やかに映えていた。

そして、その制服の下には、ひもできっちりとくくった手紙の束と、結婚式の写真が数葉しまわれていた。その中には、若い海兵隊の士官——輝くような微笑を浮かべた屈強な好男子——と、可憐な東洋の女性が並んでうつっている写真が何枚かあった。背景には白雪をいただいた山々がうつっていたが、青年士官の自信に満ちた微笑の前には影がうすかった。

ほかに、その女性の写真にあとから着色したものも数葉あった。私は宛名の住所に目を走らせながら封書の束を繰った。住所は、青年士官の移動のあとを、そのまま示しているように思われた。宛名はすべて青年士官であり、発信人の住所は日本の横須賀だった。ソウル、東京、マニラ、グァム。最後の住所はホノルルだった。私はもう一度女性の写真を手にとって、鼻から口元にかけての荒削りな線や、一種淋しげな気品のある姿勢に目を凝らした。目の光に何となく危険なものがあるような気がした。

家主と私は、またトランクにそれらの品々をつめ直した。手紙はあけなかった。私は家主に、警察に電話して、ここで見つかったものを報告しておいたほうがいい、と助言した。彼は部屋に鍵をかけ、われわれはおやすみを言い合って別れた。

うちに帰ると、長い時間をかけてシャワーを浴びた。胸のうちによどんでいる思い、またしても彼の領分を侵してしまったというまわしい思いを、熱い湯で洗い流したかったのである。その晩は、眠くなるまでテレビの深夜映画を見てすごした。明くる朝、私はあのすべての手紙の発信人である女性に手紙を書いて、サムの死を知らせた。返事はとうとうこなかった。

8

　毎年、気候が変わり、日ましに暖かくなって夏になると、ディレイニーは父親のこと、父親と自分がともに若かった頃のことを思い返した。

　記憶にある父は肩幅の広い長身の男だった。毎晩地下鉄の階段をのぼって、ブルックリンの暑い夜気の中にもどってくる頃には、トッド造船所での労働で全身が油まみれになっていた。父は彼に十セント貨をつかませてにこっと笑い、アパートメントの三階のわが家に通じる階段をのぼって消えてゆく。ときおりディレイニーはそのあとについてゆき、缶からとりだしたピンク色のザラザラした石けんで、体にこびりついた黒っぽい油のかたまりを洗い流している父をじっとながめていたこともあった。寝室の前の廊下に立って、父が毎晩楽しみにしているルパーツの壜(びん)をあけているのを見ていると、兄たちがドジャーズのことで何か言い、その無邪気な冗談に父が笑いだすこともあった。

「ぼくは、自分のジョークにもおやじが笑ってくれないものかな、とよく思ったものさ。ぼくを膝に抱きかかえてくれないか、たまには外でキャッチボールの相手をしてくれないかな、とね」ディレイニーはのちに、私にそう語った。「でもね、うちは五人兄弟で、ぼくはその下から二番目だった。どうしたって弾きだされてしまうのさ。ぼくがおやじに何か言う、すると兄の一人がもっと大声で何か言う。で、おやじの関心はそっちにいってしまうんだ。でも、ぼくはおやじを知りたかった。ぼくのことをどう思ってくれてるのか、知りたかった。ところが、それにはどうすればいいのか、わからなくてね」

ディレイニーは大人になって陸軍に入り、除隊後は西海岸のほうに流れていった。GIの奨学金でUCLAに二年学び、広告代理店に勤めた。結婚して、離婚した。ある夏、マリブで海をながめているうちに、ニューヨークにもどろうと思い立った。ケネディ空港からタクシーで市中に入り、七番街の懐しい建物の前で降りた。中に入ってベルを鳴らしたがだれもいないので、通りを横切って〈ラティガンズ〉に入り、しばらく時間をつぶした。

「そこで二、三時間くらい待ってたんだ」ディレイニーは言った。「そしたら、おやじが通りをやってくるのが見えた。そのとき初めて、おやじも年とったな、と思ったね。やや腰が曲がって、むかしの偉丈夫の面影がまるでなかったし、じっと考えごとをしているように見えるんだ。ぼくは通りに出ていって、呼びかけた。おやじは顔をあげたものの、一瞬、ぼくがだれだかわからない様子でね。こちらから名のらなくちゃならなかった。あんたの息子だと、名のらなくちゃならなかったんだ」

ディレイニーが一緒に飲もうともちかけると、父親はだめだと言った。家に帰って食器を洗い、夕食の仕度をしなくちゃならない、というのだった。

「話を聞くと、夏のあいだ、おやじは一人暮らしをしてるんだそうだ」ディレイニーは言った。「おふくろと末の弟がキーンズバーグに別荘を建ててそっちにいってしまい、おやじは週末に会いにいくらしいんだな。兄貴たちもときどきでかけるという。で、ぼくは、めしの仕度なんかいいじゃないか、と言ってやった。二人で家に帰って、おやじが食器を洗い終ったら、一緒に外に食べにいこう、とね。おやじは妙な顔でこっちを見た。それも無理はないんで、あの近所にレストランと呼べる店はほんの二、三軒しかなく、それも工場で働く労働者のための店だったんだから」

ディレイニーはキッチンにすわって、父親がプラスティック製の容器入りの洗剤を使って脂のこびりついた食器を洗うさまをながめた。冷蔵庫にバドワイザーの缶ビールが入っていたので、ディレイニーはそいつをあけた。

「向こうじゃどんなだったい？」青いタオルで両手をふきふき、父親がたずねた。

「向こう、って、カリフォーニアのこと？」ディレイニーは訊き返した。「まあまあだったよ」

父親は自分でもビールをあけて、丈の高いグラスについだ。「あのウォルター・オマリーに会ったか？」

「いや」息子は答えた。「棲む世界がちがうからね、ぼくらとは」

「ドジャーズの本拠地を向こうに移すなんて、やつは見下げ果てた男だ。おかげでみんな、どんなに悲しんだか。やつがブルックリンに加えた仕打ちは、この先みんな永久に忘れんだろうて」

「最近のメッツの成績はどうなんだい？」

「さあな。野球はもうさっぱり見なくなっちまったから」

ディレイニーの父親は背中を丸めてすわっていた。かつては黒々としていた髪に、白いものがいく筋もまじっていた。黙々とビールを口に運んでいる手の甲を見ると、しみがたくさん浮いていた。

「さあ、どっかに食べにいこうぜ」

ディレイニーが声をかけると、

「そうするか」老人は吐息をついて、立ちあがった。「しかし、贅沢な店にはいかんでいいからな」

二人は五番街と十八丁目の角にある、〈フェリックスズ〉というイタリア・レストランで食事をした。ディレイニーは、カリフォーニアの風俗を色々と説明しようとした。車がなくては生活ができないこと、路上を歩いている人間はほとんどいないこと、夏になるとスモッグがすさまじいこと——。父親はソーセージ入りのマカロニを食べながら、黙って耳を傾けた。外では雨がふりだしていた。二人は一緒に帰宅して、おやすみを言い交わした。ディレイニーはまだニューヨーク時間に慣れることができず、自分の古い寝室でいつまでも寝つかれずに横たわっていた。何とか体を疲れさせようと、二度ほどキッチンにビールをとりにいった。そのたびにドアをあけたまま寝ている父の前を通ったが、彼の寝息は浅く、ゆったりとしていた。

「明くる日は土曜日でね」ディレイニーは言った。「まだ雨が降りつづいていたっけ。おやじはキーンズバーグのおふくろに電話をかけて、きょうは雨がひどいのでそっちにはいけないと言った。それからぼくを電話にだしたんだ。おふくろは、父さんをどこかに連れだして楽しませておくれな、と言う。このところあまりにも根をつめて働いてるから、どっかに連れだしておくれよ、とね。で、ぼくはそうした。ともかく、そうするつもりで出かけたんだ」

二人は朝の九時から酒場めぐりをはじめた。老人はフォアローゼズを飲み、ディレイニーはビール一辺倒だった。それから数時間もした頃、二人はスミス・ストリートにあるプエルト・リコ人の酒場、〈オテロズ〉のカウンターにもたれていた。外は土砂降りだった。カウンターの端に、緑色の繻子（しゅす）のドレスを着た若い女がいた。つやのある黒髪と黄金色の肌をした女で、一人でスツールにすわっていた。ジュークボックスからは、スペイン語のラヴ・ソングが流れていた。バーテンはビールとフォアローゼズを切れ目なくついでいた。

「どうしてそうなったのか、うまく説明できないんだがね」ディレイニーは言った。「ぼくはビールをぐいぐい飲んでいた。おやじは黙ってカウンターにもたれていたよ。するとその娘がちらっ、ちらっとこっちを見はじめるんだ。どうしてああいうことになったのかな。きっと雨のせいだと思うんだ。とにかく、ぼくがジュークボックスに歩みよると、その娘が何か言い、ぼくがそれに答えた。それから少したって、おやじはがっかりしたような表情で、タクシー乗り場からタクシーに乗ってうちに帰っていった。ぼくはそのとき、その娘と一緒に仕切り席にすわっていたのさ」

ディレイニーが帰宅したときには、すでに暗くなっていた。ドアには鍵がかかっていた。彼はポケットをまさぐって、父親からわたされていた鍵を見つけ、ドアをあけた。キッチンの電灯のコードを見つけようと、暗闇の中を手さぐりしながら進むと、何か柔らかいものが靴に当った。

「ぼくは明かりをつけた」ディレイニーは言った。「するとおやじが倒れてたんだ。体はまだ温かかった。服も、あさ家をでたときのままだった。きっと、部屋に入った瞬間の出来事だったんだな。部屋に入って、うしろ手にドアをロックした瞬間、バッタリ倒れたんだと思うんだ、心臓麻痺でね。両眼がまだひらいていて、ぼくをじっと見あげていたよ」

ディレイニーはすぐ警察を呼び、父親はメソディスト病院に運びこまれた。医者たちはその晩から翌日の朝まで、かかりっきりで治療にあたった。ディレイニーの母と兄弟たちもキーンズバーグから駆けつけて、皓々たる明かりに照らされた白い廊下で、手当ての結果を待った。とうとう廊下に出てきた医師は、一命だけはとりとめそうです、と告げた。

「ただし、口がきけなくなる可能性もあります」彼はつづけて言った。「もう少し早く連れてきてくれたら、なんとかできたんですが」

その後、私はよくあの二人を近所で見かけた——もはや若くはない男と、その父親とを。父親は車椅子にすわっており、息子はそれを丘の上のプロスペクト・パークまで押していった。そこで二人は、青葉の茂る静寂のなかで、陽光を浴びながらすわっているのだった。

「おやじはあまり長くは保たなかった」ディレイニーは言った。「でも、おかしなことに、ぼくがおやじといちばん親密になれたのは、あの最後の数ヵ月だったんだ。ぼくらは二人きりで公園にすわっていた。でも、おやじと話し合うことはできなかった。かれこれ三十年も待った末に、やっとおやじを独占することができたと思ったら、話してもらえないんだ。ぼくはおやじに話しかけたかった。本当にそうしたかった。おやじにも話しかけてもらいたかった。でも、いまさらどうしようもあるまい？　いや、いいんだ。何も言わないでくれ」

9

〝ブルー・ビートル〟は、むかしフェザー級のボクサーだったという触れこみの小男だった。週末の夜には、ブルックリンの〈ケイトン・イン〉の用心棒の一人として店に詰めていた。彼の強さを知る者は一人もいなかったが、それはどうでもよかったのである。彼の顔には戦争で負った傷を縫った跡が残っていたし、肩もパンチャーらしい撫で肩をしていた。おまけに、いつも踵でリズムをとるような歩き方をした。つまり、いかにもボクサーらしく見えたわけで、たいていの場合、〈ケイトン・イン〉にとってはそれで十分だったのだ。

それに、もう一人の用心棒というのが、レイ・レイ・ティエーリという名の、ちょっと二枚目だが無表情な、ライト・ヘヴィー級の男だった。彼は当時、街頭で殴り合いをさせたら最強と評判の男だったのである。レイ・レイは、大口を叩くやつを一発でのしてしまったが、〝ブルー・ビートル〟は話し合い路線の熱心な信奉者だった。

だれか揉め事を起すやつがいると、彼はそいつに近づいていって、〝おとなしくしねえと、おめえの頭をカチ割るぜ〟とか何とか、精選したセリフを一言二言吐いて遠ざかるのだ。私が〈ケイトン・イン〉の常連だった期間を通じて、彼の手に生傷があったことは一度もなかった。

ところがある週末、〝ブルー・ビートル〟は店に現われなかった。次の週末にも、そのまた次の週末にも現われなかった。彼が用心棒稼業に見切りをつけたことは明らかだった。その間の事情はレイ・レイも知らなかった。知っていたところで、彼はしゃべらなかっただろう。レイ・レイの吐くセリフといったら、せいぜい、〝ジュークボックスにグラスを置くんじゃねえ〟ぐらいのものだったからだ。彼はその頃、プロのボクサー修業をはじめていた。スティルマンのジムでホワイティー・ビムスタインのコーチを受けており、テディー・ブレナーの斡旋でイースタン・パークウェイの前座試合に出ていた。それからほどなく、レイ・レイも〈ケイトン・イン〉を辞めていった。

一年後のある金曜日の晩、〈ケイトン・イン〉のオンボロの白黒テレビでアーニー・デュランドのボクシングの試合を観ていると、〝ブルー・ビートル〟が数人の地まわりと一緒に入ってきた。彼らはそろってラップアラウンド・ジャケットに鋲打ちしたズボン姿で、ジンジェレラ・ハットをかぶっていた。なかの一人に〝ジュニア〟

という通称の、とりわけ性の悪い男がいたが、そいつは数年後、アトランタの刑務所にぶちこまれた。私は〝ビートル〟に向かって軽く会釈した。

「おう、どう調子は？」彼は言った。

「上々だよ。あんたは最近何をしてるんだい？」

「まあ、あれやこれや、ぼちぼちとな」にやっと笑うと、彼は〝ジュニア〟たちと一緒にカウンターの奥に入っていった。

その晩、〈ケイトン・イン〉にはあまり女はいなかった。デュランドは退屈な試合を判定で負け、ジュークボックスからはジョニー・ジェイムズのレコードとマクガイア・シスターズの『ティーチ・ミー・トゥナイト』が交互に流れていた。で、地まわりたちも引き揚げることにしたらしいのだが、連中はその前に、釣り銭のことでいちゃもんをつけた。新入りの用心棒は平和主義者で、いち早く〝気分転換〟と称して外に消えてしまっていた。〝ジュニア〟がカウンター越しに、スツールを放り投げた。次いで、別の地まわりがバーテンに灰皿を投げつけた。さらに別の一人がシュリッツ・ビールの看板を壊した。その間、〝ブルー・ビートル〟は、両手をポケットに突っこんで、涼しい顔で壁にもたれかかっていた。運動をして気分が良くなったのか、地まわりたちは出ていった。私がこの目で〝ブルー・ビートル〟の姿を見たのは、それが最後だった。

数年後、私の知合いの男が、ブルックリンの五番街に近い九丁目にある〈キューブ・ステーキ〉というレストランの前で、二重駐車していた赤い大きなオールズモビルに車をぶつけた。と、オールズモビルから小男が一人、カンカンになって飛びだしてきた。

「てめえ、おれをだれだと思ってやがんだ?」小男は言った。

「さあ、だれだい、あんた?」

「おれは〝ブルー・ビートル〟だぞ!」

「ほう、そうかい?」私の知合いは言った。「じゃあ、おれは〝グリーン・ホーネット〟さ!」

彼は右の一発で〝ブルー・ビートル〟をのしてしまい、自分の車に乗って走り去った。近くにレイ・レイの姿はなかった。

その後まもなく、〝ブルー・ビートル〟は近所から姿を消した。彼が組んでいた地まわりたちの何人かも姿を消した。連中は、グリーン・ヘイヴンやダンネモラやアッティカの刑務所に収容されはじめたのである。〝ブルー・ビートル〟は警察のイヌになったという噂が近所をかけめぐった。彼はサケット・ストリートの麻薬の売人たちと一緒につかまったのだが、おまわりが手錠を持ってやってくると、とたんにぎゃあぎゃあ泣き言をいいはじめた、というのだ。ジンジェレラ・ハットをかぶった男たちは刑務所にぶちこまれたが、〝ブルー・ビートル〟はそうならずにすんだ。

のちに、その間の事情をみんながあれこれと類推しはじめたとき、近所の語り部たちは〝ブルー・ビートル〟の哀れな流浪の旅の模様を見てきたように語った。彼はミネアポリスのガソリン・スタンドで働いていたという。デンヴァーにもしばらくいたそうな。ロス・アンジェルスにもいったが、ラス・ヴェガスは避けた。かと思うと南部を渡りあるいて、ペンサコーラやタラハッシーといった町にもいたという。そのうち、例の地まわりたちが出所してきた。彼らは年をとったものの特別改心した風もなく、また麻薬や人間を売買する稼業にもどった。

〝ブルー・ビートル〟は逃亡生活をつづけた。それらの異郷の町を渡り歩きながら彼がどんな思いでいたか、だれも知らない。〝ビートル〟のような連中は日記もつけないし、手紙も書かないものだ。彼は自分の裏切り行為によって、ニューヨークとその灯火や女たちから、ブルックリンの公園から、〈キューブ・ステーキ〉の前の歩道から、そして〈ケイトン・イン〉のような幾多の酒場から隔てられて、あれやこれやの半端仕事をつづけながらさすらいつづけた。その生活は十五年にも及んだ。それはほとんど終身刑にも等しかったにちがいない。

二、三年前、その〝ブルー・ビートル〟が、例の地まわりたちに突然連絡をしてきた。いかなる方法で連絡をしてきたのかは、問題ではない。とにかく、彼の意図は地まわりたちに伝わった。実は、〝ブルー・ビートル〟の母親が目下瀕死の病床にあり、死ぬ前に一目彼に会いたい、と言ってきたのだという。〝ブルー・ビートル〟は、ほんの二、三日でいいから自分がむかしのわが家にもどるのを許してくれないか、と地まわりたちに懇願したのだった。自分がいまどこにいるのかは言わなかった。

地まわりたちはその件を相談した。〝ビートル〟のしたことは、絶対に許せない。が、いまにも天国に召されようとしている母親のことを思うと、地まわりたちもつい身震いしてしまうのだった。それはそれで、また別問題なのだから。で、連中は妥協案を生みだした。〝ブルー・ビートル〟には、七十二時間に限って帰郷を許可する。母親との面会や、葬儀その他の手つづきをすませることも許可する。が、それがすんだら立ち去らなければならない。滞在は七十二時間。それ以上は一秒たりとも許さない。

こうして〝ビートル〟は故郷にもどってきた。彼はすぐ母に会いにいった。瀕死の母親は彼を抱きしめ、叱責(しっせき)し、許し、あっけなく死んだ。彼は手ぎわよく通夜を行ない、葬儀をすませた。その晩彼は、かつての自分のたまり場だった多くの場所を訪ねてまわった。〈ケイトン・イン〉はさま変わりしていた。マクガイア・シスターズはトニー・ベネットやジョニー・ジェイムズとともに去り、代わりにロックン・ロールが幅をきかせていた。カウンターの若者たちも昔とはちがっていた。彼らはアメリカ中どこでも見かける若者たちと同じで、だれもがベル・ボトムのオーヴァー・オールにロング・ヘアーのヒッピー風だった。

それでも故郷は故郷である。二日目の晩、フラットブッシュの酒場で、〃ブルー・ビートル〃はある女と出会った。すらっと背の高い、ブロンドの若い娘だった。さながら崖から転落するドライヴァーのように、〃ブルー・ビートル〃は彼女に参ってしまった。彼はその娘に酒をおごった。ダンスに誘った。自分の身の上話を語ろうとした。ブロンドの娘は、いかにもくたびれた感じの、爺むさいその小男を見て、顔をそむけた。が、〃ビートル〃は諦めなかった。あくる日、母親の埋葬をすませると、彼はまたぞろその酒場にやってきた。ブロンドはその晩もいた。彼女は〃ビートル〃に興味を誘われたらしく、自分から話しかけてきた。〃ビートル〃の心臓は、さぞや激しく打ちはじめたことだろう。あと二、三日もいられれば、きっと念願がかなうに相違なかった。

その晩彼は遅くまでフラットブッシュの酒場で粘り、とうとうそのブロンドを家まで送っていった。自分の家の戸口で、彼女は素っ気なく〃ビートル〃の頰にキスした。〃ビートル〃は家に帰って、一日中寝てすごした。約束の七十二時間はすぎてしまった。目がさめると、彼は五番街のある社交クラブまで足を運び、ある男に会わせてくれと頼んだ。その男は地まわりたちのボスだった。〃ブルー・ビートル〃は、滞在時間の延長を頼むつもりだったのだ。

ボスは不在だったが、いずれもどってくるとのことだった。そこでは十二、三人の男たちがカード・ゲームに興じていたが、〝ビートル〟には目もくれなかった。〝ビートル〟が、むかしみんなが若かった時分の共通の知人たちの動静についてたずねても、答える者もいない。〝ビートル〟は折りたたみ式の椅子(いす)に腰を下ろして、待った。と、突然、銃を持った二人の男が踏みこんできた。彼らは〝ビートル〟に向かって八発の弾丸を射ちこんでから、歩み去った。〝ビートル〟の体はずるずると椅子から床にすべり落ちた。男たちは素知らぬ顔でカード・ゲームをつづけた。いや、おれたちは何も見なかったぜ、と彼らは警官たちに言った。あっという間の出来事だったんで、ガンマンたちの顔を見る暇もなかった、と彼らは言った。〝ビートル〟なんて男が何者かも知らねえし、なんでそこにきてたのかも知らねえよ。死体は救急車でキングズ郡の死体置き場に運ばれた。だれかがモップでその社交クラブの床を拭(ふ)き、別の男が手下にピッツァを買いにやらせた。例のブロンドがどうなったのかは、だれも知らない。

10

あの頃、青い扉の陰に魔法使いが一人棲(す)んでいたことを、われわれは知らなかった。その扉は鉄製で、青く塗装されており、アンソニア時計工場の中央を貫く小路の薄汚ない赤レンガの塀にはめこまれていた。近所の連中はみな、その工場こそはニューヨークで最大の工場だと信じこんでいたものだった。石だたみのその小路には荷積み場があった。壁には通気孔もあいていて、冬にはそこから蒸気が吐きだされ、奇妙な液体がぽたぽたと滴り落ちた。それが灰色の窓枠にたまると、痰(たん)のような色をした気持のわるいかたまりができた。汚ないものだらけのその小路で、青い扉だけは例外だった。

ほとんど一ブロックを占めていたその工場は、われわれ子供たちのバグダッドだった。その屋上でわれわれはアリ・ババになり、決闘をするのだといってはダグラス・フェアバンクスばりに階段や梯子(はしご)を駆けのぼったり降りたりした。みんな、あらゆる通路を知っていた。ベルト・コンヴェヤー式の作業台も知っていた。そこでは、アメリカ中に積みだされる銀白色の食器類――カリフの宝物――や蛍光灯――魔法の白い管――が作られるのだ。われわれはあのバグダッドの姿なき巡視隊であり、あらゆる秘密の支配者だった。が、ただ一つ、あの青い扉の秘密だけはどうしても解けなかった。

なんとかして神秘のヴェールをはぎとろうとする子供たちの努力を、あの青い扉は断固として阻んだ。ある年の独立記念日に、われわれはあの扉の蝶番の周囲にかんしゃく玉をつめこんで火をつけた。すさまじい爆発だった。窓がガタガタと揺れ、警備員が慌ててすっ飛んできたが、蝶番はびくともしなかった。それではというので、ネジまわしを使ったり、ハンマーを使ったり、小型ドリルを使ったりした。堅牢そうな鋲をガンガン叩いてもみたけれど、ひび割れ一つ生じなかった。そのうち、私は弟のトミーと二人で、これなら絶対という名案を思いついた。ドリルを借りてきて鍵のまわりに穴をいくつもあけ、そこにお土産にもらった弾丸からとった火薬をつめてはどうだろう。だが、せっかく思いついたその作業も最後まで完遂することができなかった。ちょうど日本が降伏し、近所中が勝利に酔って浮かれ騒ぎをはじめたからだ。少したってもどってみると、やっとあけた穴はすっかり埋められ、扉は堅牢な元の姿にもどっていた。

やがて一九四七年の冬になったとき、トミーと私は、あの青い扉がかなり古びて汚れてきたことに気づいた。表面には、蝶番の芯棒から生じた錆が縞のように走っていたし、青いペンキはスレートのような灰色に変わっていた。当然、だれかがそいつを塗り直しにくるにちがいない、という結論にわれわれは達した。そのときには、きっと秘密のヴェールをはぎとれるにちがいない。クリスマス休暇がはじまって学校にいかなくていいようになると、私とトミーはかわるがわる十二丁目の家々の戸口やポーチから、例の小路を見張った。十二丁目の家々は、その小路に面していたのだ。弟と私は寒さに凍えそうになりながら待った。待ちながら、トラックが荷物を積んでは降ろし、男女の工員が出勤し、昼食をとりにでかけ、仕事にもどり、帰宅するのを見た。暗くなった工場内を警備員が巡回する姿まで見た。が、あの青い扉に触れようとする者はだれ一人としていなかった。

クリスマス前の土曜日の朝、小路はひっそりと静まり返っていた。平たい桟を横組みにした古びた扉が、工場の入口を半ば以上ふさいでいた。私はドナルド・オコナーの家の玄関に立っていた。窓ガラスが、私の吐息で白くくもっていた。と、そのとき、あの青い扉がそっとひらくのが見えたのである。

ひらいたといってもほんの一フィートくらいだったけれど、ともかくもあの扉が動くのを見たのはそれが初めてだった。内部の暗がりから、一人の老人が現われた。もしゃもしゃの灰色の顎ひげを生やし、靴まで裾が届きそうな、長い、黒っぽい外套を着ていた。手に持っているのはペンキの缶。私と弟の推測は見事的中したのだ。心臓がドキドキしてきた。老人を怯えさせないようにしなくては、と思いつつ、私はオコナーの家の玄関からポーチに踏みだした。老人は一心不乱にペンキを塗っている。何も知らずに遊びにきたんだという思い入れで、両手をパチンと打ち鳴らすと、私は階段を降りていった。老人はペンキを塗りつづけていた。こちらには気づかない様子だった。

道路を横切った私は、正門のレンガの柱の陰に隠れて、じっと見守った。老人の手は俊敏に動き、それは上手にペンキを塗っていた。刷毛をさっさっと軽く動かして、塗ったペンキの境い目をうまくまぜ、一オンスのペンキも無駄にしないように、二度塗りを避けてゆく。彼が扉の半分ぐらいまで塗り直したとき、私は小路に踏みこんでいった。老人はさっとこちらをふり返った。小さな丸いふちなし眼鏡の奥で、墓のように年老いた目が光っていた。

「こんちは」つとめてさりげなく、私は言った。「メリー・クリスマス」

老人は動かなかった。私は十フィート手前まで近づいた。老人は片手にペンキの缶を持ち、もう一方の手に刷毛を持って、その場に釘づけにされたように突っ立っている。彼は怯えているのだということに、私は気づいた。

「何の用だね？」低い声で老人は訊いた。

　私はなおもじりじりとにじりよった。

「別に。あの、ペンキ塗んの手伝ってあげようか？」

「いや、そんな必要はない」老人の口調には、ごく微かな訛りがあった。

「いいじゃないか」私は言った。「ねえ、手伝わせてよ」

「頼む。向こうにいってくれ」

「おじさんがここに住んでるってこと、だれにも言わないよ」私はなおも近づいた。

「ほくは密告なんかしないもん」

　老人が中に逃げようとするのを見て、私はとっさに青い扉を押えた。老人はすぐ隣りにいた。その体は異臭を放っていた。ちらっと中をのぞくと、フラスコや試験管がのっている長いテーブルが見えた。

「おじさんは科学者なの？」私はたずねた。

「まあ、ね」

「じゃあ、原子爆弾つくれる？」

「あれは罪深い発明なのだ」吐息まじりに老人は言った。「彼らは大きな罪を犯したのだよ。人間に対して、科学に対して」

　まるで決定的な敗北を嘗めたかのように、老人の体からは、みるみる緊張がほどけていくようだった。おじさんの実験室見せてよ、と頼むと、彼は肩をすくめて、何も言わずに中に踏みこんだ。私もそのあとについていった。その部屋は、さながら洞窟を思わせた。どの壁にも、奇妙な絵や写真が貼ってあった——馬鹿でかい人間の目、太陽、地下で分かれている木の根、念入りに彫刻された偶像、毛皮の帽子をかぶって顎ひげを生やした二人の男が巨大な動物の頭蓋骨のかたわらに立っている小さな写真。蝶や牡牛、それに豚の顔をした男の細密画もあった。テーブルの一つは黒い布で蔽われていて、そこに幾十もの石が散らばっていた——オレンジ色のやつ、赤いやつ、緑色のやつ。つやつやと黒光りしているものも、いくつかあった。秤もあれば、うず高く積まれた小学生用の作文の教科書もあった。陶製の乳鉢や乳棒もあった。小型のバーナーには、大きな真鍮製の鍋もかかっていた。その中をのぞいてみると、きらきら光る金属の溶液が入っていて、どろどろとした表面がぐつぐつと煮立っていた。まるで金の溶液のようだった。

老人のほうをふり返ったとき、入口の扉がいつのまにか閉まっているのに気づいた。こちらの知らないあいだに閉まっていたのだ。私は初めて、そこはかとない恐怖を覚えた。

「もう帰ろうかな」

私が言うと、

「よかったら、もっといたらどうだね」老人は哀しげにつぶやいた。「坊やに見つかってしまった以上、隠れていても仕方がないからな」

その部屋には冷蔵庫もなく、暖房器もヒーターもケロシン・ストーヴもなかった。食べ物と名のつくようなものも、どこにもない。おじさんはここで暮らしてるの、とたずねると、そうだ、と言う。何を食べて暮らしてるの、と私は訊いた。たとえば、角の〈グリークス〉の店やピッツァの店で彼を見かけたことは一度もなかったし、〈ジャックス〉の店で食料品を買っている姿を見かけたことだって、一度もなかったからだ。

「わたしはね、ほんの少し食べればいいんだ」老人は言った。「だんだん年をとっていくと、そうなるのさ。いずれわかるだろうが」

彼は長い外套のポケットに両手を突っこんで、テーブルの上の石をじっと見つめた。

「おじさんは宝石をこしらえるの？」

老人の顔に、初めて微笑が浮かんだ。

「坊やはいま、コインを持ってるかね？」

私はポケットをまさぐって、十セント貨を一枚見つけた。老人はそれを親指と人差し指でつまんで薄暗い電灯の光にかざしてから、色とりどりの石がのっている布の上に置いた。そのとき彼がもぐもぐと唱えてみせたのは、それ以前も以降も、一度も聞いたことのない言葉だった。やがて引きだしをあけた老人は、ピンセットをとりだして十セント貨をつまみ、ぐつぐつと沸騰している鍋の中に浸した。およそ一分ほどそうして浸してからとりあげると、空中で何度か揺すって熱をさました。しばらくしてこっくりとうなずくと、私に返してくれた。それは依然として十セント貨ではあったが、いまやピカピカと金色に輝いていた。

「さあ、それでいいだろう」老人は言った。「ペンキ塗りの手伝いを申しでてくれて、ありがとう」

戸口に歩みよると、彼は青い扉を一フィートほどあけて、言った。「わたしは眠らなきゃならんのでな。さようなら」

後年、私の作品を映画化するために、ハリウッドの連中がブルックリンにロケハンにやってきた。私は、少年時代をすごした懐しい場所の数々に彼らを案内した。私が生れ育った建物、色々な酒場、学校、そして戦争直後、父が流れ作業で蛍光灯をつくっていた工場。

もちろん、われわれは工場の中央を貫通している小路にもいった。いったんはあの青い扉のことを口にだしたものの、私はすぐに別の話題に切りかえてしまった。あの日、飛ぶようにうちに駆けもどって金色の十セント貨を見せびらかし、青い扉の陰に棲む魔法使いの話を母にしたことを、私はハリウッドからきた連中に語る気にはなれなかったのだ。あのとき母は私を疑ぐって、何か良からぬことをしたのではないかと思ったらしい。が、その十セント貨をとりあげようとはしなかった。そういう話を、私はロケハンの連中にする気にはなれなかった。あの日の晩、私とトミーは、その十セント貨を市電の線路にのせておいて電車に轢かせれば真二つに割れるだろうから、中まで全部純金に変わったのかどうかわかるはずだね、と話し合ったのだが、結局その案はとりやめにした。そのことも彼らには話さなかった。あの晩、その不思議な十セント貨を机の引きだしにしまって寝た私は、翌朝それがなくなっているのに気づき、ショックと悲しみで胸が張りさけそうになったものだった。その日の午後、またあの小路にいってみると、青い扉には鍵がかかっていなくて、部屋の中はガランとしており、魔法使いの姿はもはやどこにもなかった。そのことも、私はロケハンの連中には話さなかった。

あれはむかしむかし、まだこの世に錬金術師が棲んでいた頃の話なのである。ロケハンの連中がメモをとったり、ポラロイド・カメラでスナップ写真をとっているあいだに、私はそっと群から離れてあの小路に引き返してみた。あの扉が見つかった。長い歳月のあいだに、鉄の表面がすっかり腐蝕していた。それはもう青い扉ではなかった。

11

レキシントン・アヴェニューと十四丁目の交差点にある地下鉄駅の階段をのぼって、その冬最初の凍てついた土曜の夜のなかに踏みだしたとき、カーメン・ディアスは急に老けこんだような気がした。ユニオン・スクェアには風が吹き荒れていた。ちぎれた新聞紙が宙に舞い、遅い時間に繰りだしてきた買い物客たちがS・クライン・ビルの巨大な灰色の壁にぴったりと身を寄せていた。カーメンは今年三十三歳。家では十二歳になる娘が一人で留守番をしている。あたしとしたことが、こんなさむい土曜の晩にダンスにでかけようとするなんて、と彼女は思った。

「ここよ、カーメン！」声のしたほうをふり向くと、友だちのネレイダが腰をかがめて風にさからいながら、向かい側の地下鉄出口から通りを斜めにわたってくるところだった。二人は抱き合った。ネレイダがすぐカーメンと腕をくみ、二人は並んでブロードウェイのダンスホールを目ざして歩きだした。

「ねえ、元気をだしなよ」ネレイダが言った。彼女が笑うと、橋義歯の一部の細い針金が見える。ネレイダは三十五歳だが、彼女のなかには永遠に十八歳の娘が棲んでいるらしい。「きょうは土曜日なんだよ、カーメン。うんと楽しまなくっちゃ」

「でも、なんとなく気がすすまないわ。もうダンスなんかして浮かれる歳じゃないもの」

「なに馬鹿なこと言ってんの」ネレイダは言った。二人は入口をくぐって、エレベーターを待っている連中の群にまじった。「まだまだ若いじゃないか、あんたは」

そこには六組のカップルがいた。カーメンの目には、みんな子供も同然に映る。いまでは若者たちの髪も一様に短く、ヴェストにプリーツの入ったコートという、ウォール街の重役はだしの格好をしていたし、娘たちは緑、紫、黒、と色とりどりのドレスを着ていた。彼女たちの肌は抜けるように白く、一点のしみもない。歯はいずれも真っ白で、キラキラと硬質な輝きを放っている。一人の娘がカーメンとネレイダに向かってにっと笑ったが、それは歓迎の笑みというより、珍奇な動物を見て面白がっているような笑みだった。

「ねえ、ダンスはやめて映画にいかない」音楽のする方角に上昇してゆく満員のエレベーターのなかで、カーメンはささやいた。一定のリズムで低く響いているコンガの音と、突き刺すようにそれに入りまじるトランペットの響きが、さっきからかすかに聞えていた。

「あんたって、ときどき馬鹿なことを言うんだから」ネレイダは言った。エレベーターの正面の壁にもたれたカーメンは、腕を胸に組んで唇の内側をかんでいた。彼女は目の焦点をぼやけさせて、周囲の若い男女を見ないようにした。その連中を見ていても、自分がひどく鈍重な人間に思われてくるだけだった。エレベーターのドアがひらいて、絶え間なく響くサルサのビートに包まれた大きなロビーが現われた。

「ほら、素敵じゃないの」ネレイダは言って、戸口に立っている男の前につかつかと歩みよっていく。その男は眼窩（がんか）のうえに静脈の浮きあがった、額の高い、太っちょのキューバ人だった。〝女性専用〟の半額の入場券を二枚買うと、ネレイダは足どりも軽くクロークルームに近よっていった。が、カーメンはのろのろと歩いている。彼女はコートを脱ぎたくなかったのだ。下に着ているドレスはもう五年も前に買ったもので、うちをでる前に夢中で仕度をしたとき、ジッパーをきちんとしめるのにひと苦労したのだった。カーメンの頭に、家中のドアに鍵をかけて、たった一人で『ゴッドファーザー』を観ている娘の姿が浮かんだ。自分も一緒にいてやればよかった、と思った。今夜はむしろ、マーロン・ブランドを観てすごしたほうがよかったかもしれない。

「それをよこしなさいってば」ネレイダが言った。「コートを着て踊る人間がどこにいるのさ？」

「わたし、しばらくすわって見てるから」

カーメンは答えたのだが、ネレイダはそれには耳も貸さずに強引にコートを脱がせ、スイング式の低いドア越しに自分のコートのうえに放り投げると、プラスティックの緑色の札を二枚受けとった。

「ねえ、あんた（チカ）」生真面目な表情で、彼女は言った。「まず、強いのを一杯飲んでからいこうよ。あんたは素晴らしいよ。十年前と変わらないくらい美人だし。もう離婚して一年たったんだから、別れた亭主なんかよりいい男を見つけなくちゃ。さもないと、いつまでたってもあの男を忘れられないよ」ネレイダは自分のドレスをつまんで、下に引っぱった。それは刺青（いれずみ）のように、ぴったりと体に合っていた。「さあ、おなかを引っこめて、胸を突きだすんだよ。じゃ、いこう」

カーメンはネレイダのあとについて、人でいっぱいの、紫煙に包まれたホールに入っていった。何百人という男女が踏むステップで、床が弾（はず）み、ふるえていた。突き当たりの、長いカウンターのわきの壁ぎわには、一人できた男たちがずらっと並んでいる。みな若い男で、たぶん百人以上はいるだろう。申し合わせたようにスーツをきちんと着こみ、丹念にくしけずった髪も誇らしげに、目を輝かせている。ネレイダに手を引かれて彼らの前を通りながら、カーメンは、雑然と入りまじった各種の香り、べとつくような馴れ馴れしさ、うるんだような暗い眼差し、そして露骨な欲望と期待感とを感じとっていた。

「ジンジャー・エールにブランディーを二杯ね」自信たっぷりな口調でネレイダが注文し、代金を払う。二人は小さなテーブルを見つけてすわった。

「いいぞ、みんなこっちを見ているよ」ネレイダがささやいた。

「でも、わたしだって連中を見てるんだから」カーメンは言った。「だめよ、ネリー、自信がないわ、わたし」

「いいから、おっぱいが目立つように胸を張って。おっぱいは誇示するためにある、ってのが、あたしの説なんだから。誇示するっていうのは、見せびらかす、ってことなんだからね」

二人の若者がテーブルの前に立った。背の高いほうの男が踊ってくれと言うと、ネレイダはパッと立ちあがってその男の腕をつかんだ。バンドはメレンゲを演奏していた。カーメンは肩をすくめて、もう一人の若者がさしだした手をとった。乾いた、小さな手だった。若者は意味もなくニヤついてみせた。二人はおとなしくメレンゲを踊った。若者はカーメンを抱きすくめていたが、何も言わない。バンドはもっと激しい、リズミカルな音楽を奏しはじめた。カーメンはマンボのステップを踏んだ。男のほうは、彼女の知らない、もっと自由なステップを踏んでいる。たぶんサルサだろう。カーメンは周囲を見まわしたが、ネレイダの姿はどこにもなかった。

男はこちらのステップにとまどっているらしい。と思ったとき、カーメンは無意識のうちに、もっと激しいステップを踏みはじめていた。突然、彼女は、その男のことなどどうでもよくなった。そして、終末期の〈パラディアム〉に通っていた、あの頃の自分にもどっていた。そう、まだ若く、しなやかな体軀（たいく）を持ち、素早い身のこなしができた頃の自分に。あの頃の彼女は、だれも見たことがないようなステップを自然に踏むことができた。あのティトー・プエンテですらティンバルを打つ手を止めて立ちあがり、驚いた顔で彼女に見惚れていたくらいなのだから。あんたのサルサがなによ、とカーメンは思った。踊りはなんてったって、マンボだわ！

相手の若者の顔には、怯（おび）えたような表情が浮かんだ。他の踊り手たちは自然に後退して、二人を遠まきにする。バンドもその光景に気づいて新たな合奏を加え、コンガの奏者が激しくうねるような音を叩（たた）きだすかと思えば、ティンバルの奏者もあらゆるブレークを打ち鳴らしてみせた。そこへ、ネレイダも相手の若者とともに加わった。四人をとりまく輪がさらに広がるなかで、二人の女はますます精緻（せいち）な身ぶりとアド・リブのステップを加えて踊った。髪をひるがえしながら足を踏み鳴らし、瞬間的に静止しては身をくねらせ、それからまた一気に爆発的な、目まぐるしいステップを踏んでゆく。リード・トランペットの高らかな、天翔（あまか）けるような響き。二人の若者はもはや完全にかすんでいた。カーメンの顔が勝ち誇ったように輝いた。

そのときだった、ジッパーがパチンと弾けたのは。ハッとしたときには、ジッパーがひらいていた。背中に手をまわすと、素肌に触れた。至福の瞬間は、あえなくけし飛んだ。ドレスを押えながら、カーメンはダンス・フロアから飛びだした。笑い声のまじる、拍手のような音が聞えた。ネレイダが背後についていた。奥の壁ぎわにずらっと並んだ数十人の男たちの目の前を通りすぎ、キスの音を耳にしながら、カーメンは婦人用の化粧室に飛びこんだ。

洗面台に手をついて、うつむいたとたん、彼女は泣きだした。顔をあげると、睫毛のうえが黒く滲んだようにマスカラで汚れていた。背後では安全ピンを口にくわえたネレイダが、ドレスの合わせ目を引っぱっている。

「ほっといてよ、ネリー。あたし、もううちに帰るから」カーメンは言った。

「うちに帰る？　どうかしてんじゃない、あんた？　あの坊やたち、こんなにすごいダンスを見るの初めてだ、って顔をしてたじゃないの」カーメンのドレスをピンで留めてから、「待ってんのよ、すぐにもどってくるから」

ネレイダは、ブランディー入りのグラスとだれかから借りたセーターを手にもどってきた。「さあ、ぐっとあけちゃって。それからまたホールにもどろうよ」

「いや、もどりたくないってば」

「言う通りにしなさいよ」ネレイダは言った。「ホールの男たちはみんな、あんたと寝たがってるわよ。あたしと寝たがってる連中もいるだろうしさ」

二人が化粧室をでると、バンドが変わって、ボレロが演奏されていた。酔ってろれつのまわらない、威丈高な口調で仲間とやり合っていた若者が、カーメンを見やってにやりと笑った。「よお、あんた、すげえダンスするじゃん」

カーメンは、むかしのようにさっと髪をふりあげてその男の前を通りすぎた。男たちは、彼女がダンス・ホールに通っていた頃とくらべて、少しも成長していなかった。二人が小さなテーブルを前にすわると、メレンゲの演奏が始まった。が、近よってきて二人に相手を頼む男は一人もいなかった。カーメンはブランディーをすすりながら、せわしげに踊っている男女をながめやった。

次の瞬間、彼女は、出口のそばの片隅からじっとこっちを見つめている男がいるのに気づいた。きちんと手入れされた口ひげをたくわえた、銀髪の、長身の男だった。ダーク・ブルーのスーツを着ている。最初のバンドのメンバーの一人だった。たしか、トロンボーンを吹いていたのではなかったろうか。男は会釈した。カーメンはにこっと笑って、目をそらした。

「ねえ、わたし、踊りたくなってきた」彼女はネレイダにささやいた。「もう少し踊りたいわ」

「あのツッパリどもときたら、さっきのあんたの踊りを見てブルッちゃったんだよ。

ふん、意気地がないったらありゃしない」

「そうかもね」カーメンは周囲を見まわした。銀髪の男は消えていた。またブランディーをすすって、カーメンは言った。「きっとそうなんだわ。ジッパーがとんだとき、わたしの脂肪のついた肌を見て、みんなブルッちゃったのよ」

ふと顔をあげると、テーブルの前に銀髪の男が立っていた。さっき思ったほど背は高くなく、内気そうな、おずおずとした目をしていた。

「踊っていただけますか、よろしかったら」彼はスペイン語で訊いた。

カーメンは差しだされた手をとった。「ええ、わたしをうちまで送ってくださるなら」

「もちろん、お送りしますとも」男は彼女をダンス・フロアに導いた。そこではいま、若者たちの国のすべての住民のために、ボレロが演奏されていた。

12

ブルーミングデイル百貨店の紳士用雑貨売り場で、黒い革のバッグを見ていたマロイがふっと顔をあげると、別れた妻がエレベーターから降りたところだった。新しい恋人と一緒だった。その男の話に、彼女は熱心に耳を傾けている。マロイはさりげなくネクタイのラックの陰に移って、見守った。別れた妻が大きな笑い声をあげるのを見て、マロイは虚を衝かれた思いがした。彼女が笑うところを見るのは四年ぶり、いや、それ以上になるのではあるまいか。それは心の底から面白がっている、深みのある本物の笑い声だった。男の言った何かがおかしくて笑っているのだ。キャメルのコートを着ているせいか、彼女は実際の歳より若く見えた。髪もあの頃より長くしている。女子大生が着るようなそのコートが、どこかしら優雅に、特別に見えるのは、茶色いスウェードのブーツをはいているせいだろう。遠い過去のある朝、陽光に赤く染まった髪もつややかに全裸で立っていた彼女の姿が、突然マロイの脳裡に甦った。あれはバーゼルにいったときだったろうか？　それともマジョルカか？　彼女に関することだと、いまでは何であれ正確に思いだすことができない。かたわらの男が彼女の髪にキスしている姿を見ているうちに、マロイは窃視症者になったような気がしてきた。彼はバッグを置いて、立ち去った。

その晩マロイは、ある航空会社のスチュワーデスを、イースト・サイドの高級イタリア・レストランに連れていった。そのスチュワーデスとは、一ヵ月前、電話をかけようとして偶然入った〈ミスター・ラフス〉で知り合ったのだった。彼女のおしゃべり好きな、陽気なところがマロイは気に入っていた。シカゴ出身で、父は不動産業を営んでいるという。大学に入って、一年間経営管理を学んだのだが、つまらなくなってやめてしまい、スチュワーデスになったらしい。

「何にする？」マロイはたずねた。きっと、〝マルサラ風犢肉料理〟と答えるだろう、と思った。そのスチュワーデスはきまってそう答えるのだ。

「〝マルサラ風犢肉料理〟がいいわ。でも、スパゲティーはいらない、って言ってちょうだい、ボブ」

マロイをよく知らない女たちは、きまって彼のことをボブと呼ぶ——その愛称で呼べば、彼が常に保っている距離を埋めることができると思っているかのように。マロイをよく知っている連中は、彼のことをロバートと呼んだ。

「シカゴはどうだったい？」ソーダ割りのデュワーズをゆっくりとすすりながら、彼はたずねた。

「うちの両親にもあきれちゃうわ。クリスマスが近づくと、判で押したように毎年同じ準備をくり返すんですもの。芝生にはクレッシュ（飼い葉桶の中の幼いキリスト像）をすえるでしょう、ヤドリギを用意するでしょう、それからクリスマス・ツリー。何から何までみんな同じ。フレッド・ウェイリングのレコードまで持っているの、あのペンシルヴェニア人たちが〝そりすべり〟をうたう……信じられないわ、まったく」

「……〝橇の鈴が鳴っている、リンリンリンと鳴っている……〟というやつか」

「まさにそれよ」

ウェイターが注文をとりにきた。楕円型の窓の外を、サンタ・クロースが通りすぎるさまがマロイの目に映った。今年はアメリカ中の都市で街頭のサンタ・クロースが物盗りに襲われているらしい。木の根方に置かれた玩具の機関車、息子の嬉しそうな顔、そして、雪に降りこめられたニューヨークの夜の息苦しい雰囲気を、彼は思いだした。

「パパとママが帰ってこいというのよ、クリスマスに」スチュワーデスが言った。

「で、帰るのかい？」

「兄さんが、奥さんと二人の子供を連れてカリフォーニアからやってくるんですって。

トロントにいる姉も帰るらしいし。あたしはどうしようかな……どう思う、ボブ?」

「自分でこうすべきだと思う判断に従ったらいい」

「あたしが帰ってもかまわない?」

「そりゃ、かまうさ」彼は嘘をついた。「しかし、こういうことは自分の思い通りにしたほうがいいだろうし」

ウェイターが料理を運んでくると、彼女は優雅な手つきで美味しそうに食べはじめた。その姿を眺めているうちに、この娘は自分より十五も年下なのだ、といまさらながらマロイは思った。自分が初めて女と寝たとき、この娘はまだ生れて最初のクリスマスを迎えていたはずなのだ。そう言えば、現在付き合っている女たちはみな、自分より十五年下か、十五年上かのいずれかだった。彼女に向ける注意がいつしか散漫になり、マロイはメキシコの〝三人の王の夜〟の追憶に浸っていた。メキシコ独得のその祭日の晩、子供たちは目隠しをしてピナータ(張り子の人形で、中に玩具や菓子が入っている)を棍棒で叩き割り、固いキャンディーがパラパラと土間に転がりだす音を聞いて楽しむのだ。急に口元をナプキンでぬぐうと、マロイは立ちあがった。スチュワーデスが、心配そうな顔で見あげる。彼はにこっと笑い、ちょっと失礼、と言って男性用化粧室に足を運び、有料電話の受話器をとりあげた。

「きょう、ブルーミングデイルできみを見かけたよ」

「いやだ、スパイしてたのね、ロバート！」彼女は言った。「まあいいわ、それより彼のこと、どう思った？」

「いいやつらしいじゃないか。ナイス・ガイってタイプだな」

「でも、あなたほどじゃないわ。みんなそうよ」

「今晩、きみと寝たいんだ」マロイは唐突に言った。先方は黙っている。彼はぶっきらぼうな口調でつづけた。「ただ、きみを抱きたいだけなんだ。セックスをしたいんじゃない。きみの体を抱いてるだけでいい」

「ロバート、わたし……」拒みたがっている口調だった。

「たのむ、今度だけでいいから」懇願の口調になっていることはわかっていたが、どうしようもなかった。「どうしてもきみを抱きたいんだ、今晩だけでいい」

「そうね……」

相手の声に逡巡の色を嗅ぎとって、うまく彼女の気をそそれたのならいいのだが、とマロイは思った。が、それもつかのまだった。

「申しわけないけど、ロバート、今夜わたし、約束があるの。そう言ってくれるのはとても嬉しいんだけど、やっぱり、むりだわ」

マロイはテーブルにもどって、自分の料理を食べ終えた。そのあとコニャックを飲みながら、プエルト・リコのいちばん端にあるリンコンという小さな村でクリスマスを一緒にすごさないか、とスチュワーデスを誘った。ええ、考えておくわ、と彼女は答えたが、マロイにとってはもうどうでもよかった。

13

マロイがジェイ・ストリート＝バラー・ホール駅の階段をのぼってフルトン・ストリートを歩きだすと、陰気な雨が小止みなくふっていた。彼は買い物が嫌いだった。品物を選ばなくてはならないのが、いやだったのだ。金やクレジット・カードをやりとりするのがいやだったし、店員の大儀そうな眼差しもいやだった。彼は書店のショウ・ウインドウをのぞきこんだ。

そのうち、偶然、地下鉄の階段をあがってくる彼女の姿が目に入った。みぞおちのあたりで何かが疼いた。と同時に、〈ロウズ・メトロポリタン〉で彼女と『ケイン号の反乱』を観ながら、恋の終りのみじめさをかみしめていた夜の記憶が甦った。あの あと二人は、雪のふりつもる道をゆっくりと歩いて帰ったのだった。いま、久方ぶりに見る彼女の髪には白いものがまじっていたし、赤いコウモリの下にのぞいている顔もだいぶ肉がついていた。が、歩き方だけは以前と変わらなかった。あれ以来見かけた多くの長身の女性と同じく、わずかに上体を前に傾けた、独得の姿勢で歩いてくる。頭にはスカーフをまき、はるか昔のあの夏のあいだもそうだったように、何か考えごとにふけっているような生真面目な表情を浮かべている。雨を避けて、店舗の軒の下を歩きながら、彼女は真っすぐマロイのほうに向かってきた。

「クレア」静かに声をかけると、彼女は顔をあげてこちらを見た。不審そうに目を細くすぼめている、細長い、角張った顔。一瞬、だれだかわからないようだった。マンボ・ズボンや、肩がむきだしになるくらい袖をまくりあげたTシャツを着ていなくても、彼女にはおれとわかるだろうか、とマロイは思った。そのうち、彼女の目がパッと輝いた。

「ロバート！」

「やあ、久しぶりだね」嬉しさと同時に、何となく子供に返ったような恥ずかしさを、彼は覚えていた。

「驚いたわ、ロバート・マロイじゃないの。こんなところで、何をしてるの？」

「〈A&S〉にいくところなんだ、家具を買いにね。こんど、ハイツにアパートメントを借りたんで」

「まあ、素敵ね。あなたが出世したって話は聞いてたわ」

「なあに、仕事は仕事でね。別に他の仕事と変わりがあるわけじゃない。きみはこれからどこに？」

「〈メイズ〉にいくところなの。うちの子のお洋服を買いに」

「じゃあ、コーヒーでも一杯つき合わないか」

一瞬、彼女は返事をためらって、だれか知人にでも見られはしないかと思っているかのように、あたりを見まわした。

「ええ、いいわ」

マロイはクレアの右側に立ち、傘を右手に持って雨のなかに踏みだした。たしかリヴィングストン・ストリートに小さなレストランがあったはずなので、そこに向かうことにした。クレアが緊張して、体をちぢこませている気配が感じとれる。彼はなるべく体が触れないように注意した。彼女はいま三十六になってるはずだな、とマロイは思った。最後に会ったのは、お互いが十八歳のときだった。ということは、これまでにすぎた人生の、ちょうど半分を隔てて再会したことになる。

「いま、どこに住んでるんだい、クレア？」

「ショア・パークウェイの近く。十年前に、そこの家を買ったの。いまじゃ四人の子持ちなのよ、わたし」

「男の子、それとも女の子？」

「ぜんぶ女の子なの」クレアは恥ずかしそうに笑った。「いちばん下が三つでね」

「ほう、可愛らしいだろうな」

「あなたのほうは？」

「男が二人」

「じゃあ、奥さん、きっと満足でしょうね――二人とも男の子なら」

「女房とは別れたんだ」

「まあ」彼女は傘の下からマロイを見あげた。「ごめんなさい、わたし、知らなかったものだから」

二人は黙ってリヴィングストン・ストリートのほうに曲がった。が、彼の記憶にあったレストランは消えていた――ちょうど、〈ナムズ〉や〈ローザーズ〉や一九五三年という年そのものが消えてしまったように。けれども一ブロック先に別のレストランが目に入ったので、彼はクレアと一緒に少し歩調を早めてそちらの方角に歩きだした。

そのレストランは、玉ネギと食用油と濡れたウールの臭いがした。二人がすわった窓ぎわのテーブルには、パン屑がちらばっていた。コーヒーを二つにイングリッシュ・マフィンを二つ頼んでから、マロイはたずねた。

「で、ビリーはどうしてる？」

「ビリー？」彼女はとまどいの色を浮かべて、まさぐるようにマロイの顔を見返した。

「ああ、ビリー・コルバートのことね。さあ、どうしてるのかしら、わからないわ、わたし——」

「じゃ、彼と結婚したんじゃなかったのかい？」

「あたりまえじゃないの、いやね」クレアは笑いだした。「彼とはあれっきり会ってないのよ……ほら、あのときあなたがいってしまったとき以来」

マロイのみぞおちのあたりで、またしても何かが疼いた——そう、二人で歩いた雪の道、寒いポーチでの語らい、傷心、夜を突っ切ってアメリカを横断したグレイハウンド・バス、嫉妬、そして、ある種の崩壊感等が渾然となって心に沈澱していた何かが。あのとき彼は、路傍に駐めた車の中でコルバートと並んですわっていたクレアを目撃し、夜が明けるまで彼女の説明を聞いてから、町を去ったのだった。

「わたし、そろそろいかなくちゃ、ロバート」クレアは静かに言った。「こうして、思いがけなく会えて、とても楽しかったわ。わたしね、あなたはきっといつか名をあげるにちがいない、って、いつも思ってたのよ」

「あの」マロイはおずおずと笑った。「クレア……できたら、これからもときどき会ってもらえないだろうか、どこかで一杯やるとかして」

言ったとたん、彼は後悔していた。クレアの顔は再び無表情になり、彼女は目を細くすぼめて言った。

「ロバート、わたしは夫がある身なの……」

「ああ、わかってる。すまない」

マロイはクレアの細い手を握った。彼女は微笑して戸口に歩みより、たちまち人込みに呑まれていった。マロイは長い時間をかけて、コーヒーをすすりながらすわっていた。それから雨のなかに踏みだすと、寒さにふるえながら地下鉄の駅に向かって歩きだした。

14

目をさましたとき、アースキンは耳が聞えなくなったのかと思った。夜中のある時刻に、街の一切の物音が途絶えてしまっていた。廊下の向かい側の部屋でビッグ・アリスがくしゃみをする音も聞えなかったし、八番街の空気をつん裂くサイレンの音も聞えなかった。それよりも何よりも、子供たちの声がまるで聞えなかった。

彼は毎朝、十七丁目の横丁の家具つきの部屋で、子供たちの声で目をさますのが常だった。スペイン語で怒鳴り合ったり、鍋やポットをガンガン鳴らして玩具代わりにしている子供たちは、彼とは別種の生き物だった。けれども、共用の洗面所で顔を洗おうとして廊下にでてくる彼を見ると、子供たちはきまってにっこり笑いかけた。そのアパートに、一ヵ月か二ヵ月以上同じ子供たちがいることはほとんどない。というのも、彼らはたいていブロンクスやブルックリンの火事のあとで連れてこられた連中だからである。そこで二、三日すごすと、彼らはまた福祉局の連中の手で、どこか別の殺伐とした危険な区域に連れていかれてしまう。

けさは、なにかと勝手がちがっていた。ガラス壜の青に似た色の、薄汚れたシェードの下から明るい陽光がさしこんでいるところを見ると、もう昼間なのだろう、とアースキンは思った。時間を知りたいのだが、腕時計や置き時計を頼りに暮らすのをやめてしまってから、もうだいぶたつ。ガランとした虚ろな空間を半ば恐れ、半ば楽しみながら、彼はじっと横たわっていた。壁と壁のあいだで、何かが動きまわっている気配がする。ガリガリとひっかく音、すべる音、引き締まった茶色い尻尾で漆喰を叩く音。ネズミたちが、早く起きろと彼をせきたてているのだ。

アースキンは靴下とズボンと靴をはき、タオルと剃刀をつかんで外の通路にでた。ビッグ・アリスが、眉から何から、真ん丸い真っ黒な顔をくまなくきれいにこすり終えて、洗面所からでてくるところだった。

「みんな、どこにいっちまったんだい？」

アースキンがたずねると、

「きょうは七月四日だよ」

それですべての説明がつくだろう、と言わんばかりにビッグ・アリスは答えて、くしゃみをしながら彼の横を通りすぎていった。彼女の巨大な体軀を見ると、なんとなく気持がなごむ思いがする。アースキンは狭い洗面所に踏みこみ、口元に石けんの泡を塗って、茶褐色の顔に剃刀を走らせはじめた。

七月四日、独立記念日。彼は、子供時代をすごしたサウス・カロライナ州コロンビアのうだるような暑さを思いだした。昆虫の羽音、刈りたての草の青くさい匂い、そして魚のフライを手にした復員軍人たち。イタリアとかフランスとか太平洋といった場所にでかけた、長身の黒人たち。教会の裏の広々とした空地にはテントが張られ、ブラスバンドがにぎやかな音楽を奏で、子供たちは時がたつのも忘れて遊び呆けた。母親は自分たち兄弟を追いかけまわし、悪さをしないようにお尻を叩いたり、髪を引っぱったりした。その間もブラスバンドは音楽を奏でつづけ、子供たちはひたすら夜の訪れを待ったものだった。

アースキンはひげ剃りを終え、生ぬるい水を顔にふりかけてタオルでぬぐった。思い出はつきなかった。夜には花火が空を彩った。月にむかって火の矢が打ちあげられ、無数の星が散りばめられた夏の夜空に、大きな光の輪が広がってはぐるぐると回転した。目にも鮮やかな赤、白、青の大輪の花が闇を彩ったと思うと、轟音とともに地軸が揺れる。子供たちはキャッと叫び、女たちは思わず息を呑んだ。そして、大声一つだすでもなく、心得顔に笑みを交わし合う偉丈夫の復員軍人たち。

それはみな、はるか昔の思い出だった。機械が導入され、農園がさびれはじめる前の思い出だ。それから男たちが北に移住しはじめ、女子供がそれにつづいた。アースキン一家も、バスにのってワシントンに移住し、また荷物をまとめてブルックリンにやってきた。そこには父親が暮らしているはずだった。彼は、ポート・オーソリティー・バス・ターミナルでみんなを迎えるから、という絵葉書までよこしたのだから。けれども、着いてみると、父親の姿はどこにもなかった。それっきり、二度と父親は彼らの前に姿を現わさなかった。父親は消えてしまったのだ——花火や昆虫の羽音や刈りたての草の匂いとともに。

青い袖なしのシャツを着てドアに鍵をかけると、アースキンは閑散とした街路に歩みでた。夏の涼風が八番街を吹き抜けていた。彼はアプタウンに足を向けた。二十二丁目のレストランでハム・エッグを少し食べた。壁の時計を見ると、まだ十一時をまわったばかりだったので、また歩きだした。酒を飲みたかったが、日曜日だからバーはまだしまっている。子供の姿はどこにもなかった。

アースキンは、急に自分の子供たちに会いたくなった。最後に子供たちに会ってから、もう数ヵ月、いや、それ以上たつだろう。はっきり思いだせなかった。というのも、十七丁目のあの部屋で、少々の酒と、食料と、どうにか部屋代を払えるだけの金で暮らしていると、月日のたつのがわからないからだ。電話ボックスに入ってみたところ、コインの投入口が爆破されたようにひん曲がっていた。たぶん、かんしゃく玉を破裂させたのだろう。あるいは、M-80という火薬をつかったのかもしれない。きょうは独立記念日だからな、とアースキンは思った。子供たちは、目につくものを片っぱしから爆破して歩いているのだ。

マディスン・スクェア・ガーデンの近くで、壊れてない公衆電話を見つけた。が、デ・カルブ・アヴェニューのあのアパートの電話番号が、どうしても思いだせない。番号問い合わせのセクションを呼んで、探してもらった。もう一度十セント貨を落して、ダイアルに手をかけたものの、アースキンはとうとう最後まで回すことができなかった。別れた妻とこの前会ったとき、あまりにガミガミどやしつけられたので、それから四日間酒浸りになったことを思いだしたのだ。やれ送金が少いの、あんたのおかげで一生が台なしになったのと、あのときは一方的に責めたてられたのである。彼は受話器をフックにもどした。

それからなおも街路をぶらつきながら、二人の息子と娘のことを考えた。娘のほうは、これから先も心配はあるまい。頭もよさそうだし、本もよく読んでいるようだから。心配なのは息子たちのほうだった。息子たちは、どこでどう道を踏み外すかもしれない。不良どもの仲間入りをするかもしれないし、麻薬に手を染めるかもしれない。銃を手に入れて、馬鹿なことをしでかさないとも限らない。じっさい、どういう落し穴が待っているかわからないのだ。男の子は、どこでどう傷つくかもしれないのである。本当は、男たちより女たちのほうがずっと強いのだ。アースキンほど、そのことを身にしみて知っている者はいないだろう。

故障してない電話ボックスがまた目に入ると、彼はつかつかと入っていって急いでダイアルを回した。みぞおちのあたりがキュッと引きつり、手が汗ばんでいた。呼びだし音が鳴っているのが聞えた。一回、二回、三回……。連中はたぶん、みんなで遊びにでかけているのかもしれない。どこかの海岸にでもいったのだろうか。きっと、コニー・アイランドあたりだろう。そこでホット・ドッグや、ポプコーンや、オレンジ・ソーダ等の売店をまわっているのだ。やりきれない孤独感に襲われて、アースキンは電話を切った。

そろそろ店をあけはじめた酒場もある。そのうちの一軒に飛びこむと、彼はカナディアン・クラブをたてつづけに二杯あおった。琥珀色の熱い液体が、突きさすように胃にしみ通ってくる。両手をズボンにこすりつけて、汗をぬぐった。バーテンは無愛想な白人で、テレビの下で『デイリー・ニューズ』を読んでいた。アースキンは、だれかと話をしたくてたまらなかった。で、有料電話に歩みよると、新聞社の編集室にいたこの私に電話をかけてきた。

私がアースキンから電話をもらうのは、何年ぶりのことだっただろう。彼は、一九五三年、われわれがペンサコーラの基地で海軍勤務をしていた頃のエピソードを懐しそうに話した。あの日、黒人のアースキンだけは最後部のシートにすわれとバスの運転手が言うのを、われわれが頑として拒んで全員動かないでいると、運転手のほうもバスを動かそうとしなかった。とうとうおまわりがやってきて、水兵服のわれわれを護送車に放りこみ、基地のメイン・ゲートまで送りつけたのである。それから、ある晩モビールの〈ブラック・キャット・クラブ〉という酒場で、タブ・スミスがテナーを吹いているのを見つけたときのことを、アースキンは思いだした。その夜は結局マダム・ベルの娼家にくりこみ、翌朝われわれは二階のポーチで女のコたちと騒ぎながら粗びきのトウモロコシを食べさせてもらったものだった。

「なあ、おい、あの頃は楽しかったなあ」アースキンは言った。

「まったくな」私は答えた。

それから、こんどは私のほうからその酒場に電話をかけ直して語り合った一時間あまりのあいだに、アースキンはその後の苦労話の一端を聞かせてくれた。私との話を終えると、彼はもう一杯ウィスキーをあおって街路にもどった。しばらくぶらぶら歩いていくうちに、いつのまにかポート・オーソリティー・バス・ターミナルの向かい側に立っている自分に気づいた。

眠たげな目をした娼婦が数人、忍び足で八番街の定位置に歩いてゆく。ビルの陰には、ガンベルトに親指をかけてたむろしているおまわりたち。バス・ターミナルからでてきた連中が、待機しているタクシーに次々に乗りこんでゆく。アースキンは道路をわたって、ターミナルに入っていった。居並ぶ連中の顔を見るともなく眺めながら、彼はぶらぶらと歩きまわった。そのうち二階にあがっていくと、腰の張った大柄な黒人の女が二人の子をつれて途方にくれた様子で突っ立っている姿が目に入った。夜通しバスに揺られてきたのだろう、女の服は皺（しわ）だらけだった。彼女が小さな男の子になにか言うと、その子は身をかがめて靴のひもを結びはじめた。その子がひもをむすぶ手つきは、アースキンが靴ひもをむすぶ手つきとそっくりだった。むすび終えたその子が、母親の顔を見あげたとき、アースキンはうっと泣きだした。

彼は素早く背後に向き直った。泣き顔を人に見られたくなかったからだ。そのまま急いで階段を降りると、彼はターミナルを飛びだして、二度と背後をふり返らなかった。

15

ブルックリンの、その褐色砂岩の建物を二人が買ったのは、結婚して三年目の夏だった。マーシャは赤ん坊を母親にあずけて、毎日夫のサムと一緒に四階建てのその家の修復にいそしんだ。この三十年間に傷んだ壁板を、二人は丹念にはがしていった。

「十九世紀に建てられた当時のままの姿に復元したいんだ」と、サムは私に言った。

「テレビとかラジオとか、そんな文明の利器は一切置かない。昔のままの姿にしたいんでね」

錆落し用の鉄毛ブラシとワイア・ブラシを使って、二人は一階の板壁のごわごわしたペンキをそぎ落した。二重の引き戸のレールもきれいに錆落しをして、むかしのようになめらかに戸が動くようにした。他の扉も外して、元の形に復元した。キッチンの壁には安っぽい漆喰が塗ってあったので、それもはがして、最初に建てられた当時のレンガの地を露わにした。

二人とも、体の節々が痛むほど働いた。髪の毛はいつも埃だらけだった。それでも、二十世紀の垢に新たな攻撃を加えるたびに、二人の喜びはいやました。私が街頭でサムに会ったときなど、彼は嬉しさのあまり目がくらみそうな顔で、漆喰板や、リノリウムや、安っぽいペンキや、蛍光灯に対する最新の勝利について語るのだった。

二人はまだ〝声〟を聞いてはいなかったのである。

「このパーク・スロープ始まって以来の盛大な新居移転パーティーをひらくからね」サムは言った。「そのときは、みんなに馬車できてもらうんだ。車もタクシーもお断わりさ」

株のブローカーであるサムが、顎ひげをのばしはじめた。マーシャは顔の化粧をやめてしまった。二人は古い銅版画や『ハーパーズ・ウィークリー』のバック・ナンバー、それにトマス・ナストの風刺漫画の複製画などを集めはじめた。修復作業はつづいた。一階が仕上がったとき、彼らは引っ越してきた。二人が見つけておいた古い四柱式のベッドは、一階の小さな部屋にかろうじておさまるくらい大きなものだった。しかし、上の階の修復がすんで広々とした主寝室で眠れるようになったら、そのベッドはきっと小さく見えるだろう、と二人は思っていた。引っ越してきたとき、マーシャは、細工の丁寧な赤ちゃん用の揺りかごも持ってきた。彼らは、ローソクの明かりのもとで優雅な晩餐をすませてから床についた。

その晩、二人は〝声〟を聞いたのである。一つは若い女性の声で、言葉は不明瞭だったが、いかにも物悲しげだった。それに、男の声がまじっていた。そちらはもっと深みがあり、言葉つきも突っけんどんだった。

最初に目をさましたのは、マーシャだった。「あなた」彼女は言った。「ねえ、起きて、あなた」

サムは目をさましたものの、馴染みのない部屋で目をさましたときの常で、妙な違和感を覚えつつじっと横たわっていた。

「だれかがいるのよ」マーシャがささやいた。

サムは身じろぎもせずに、じっと耳をすました。往来の音が、かすかに聞えた。ときおり、プロスペクト・パークに至る坂をのぼってゆく車がある。だれか侵入者がたてる物音、床板がぎいっと軋む音でも聞えないかと、サムは耳をすました。体はコチコチに緊張していた。元来好戦的な男ではないから、銃なども家に置いてなかった。

暗闇のなかに、彼は息をひそめて横たわっていた。

と、〝声〟が聞えた。どこか上の階から伝わってくるようだった。

男の声と、若い女の声。

女の低い声は、すがりつくような哀調を帯びていて、長く尾を引いている。いかないでくれ、と男に哀願しているかのようだった。それに比べると、男の声ははるかにそっけない。

背筋に冷たい触手が這いまわるような恐怖に打たれて、サムはベッドサイド・テーブルの明かりをつけた。パジャマの上からガウンをはおって、キッチンにゆく。流しの下から懐中電灯をとりだし、修復用に蚤の市で買っておいた重たいテーブルの脚を片手に持った。赤ん坊を着かえさせて戸口で待つように妻に言い置いてから、階段をのぼった。

「だれだ、そこにいるのは？」雑然と重なっている壊れた板や、ペンキ缶や、各種の道具類の上を、彼は懐中電灯で照らした。答はなかった。コトリとも音がしない。次の階にのぼり、とうとう最上階にまでのぼってみたが、怪しい人影はなかった。そのとき、屋根裏部屋に通じる梯子が目に入った。

「正直言って、そこから逃げだしたかったよ」と、彼はのちに私に語った。「しかし、屋根裏ものぞいてみない限り眠れないこともわかっていたからね。だから梯子をのぼのぼって、周囲を見まわしてみた。ところが、そこはがらんとしていて、何もないのさ」

その晩、二人はワインを飲みながら冗談を言い交わし、古い屋敷を風が吹き抜けるときに生じる妙な物音などについて語り合った。二人は笑い合い、幽霊に関する冗談を言い合ったりしてから、しばらくして眠りに落ちた。

翌日の晩、またしても〝声〟が聞えた。

悲しげに哀願する若い女の声と、それより年上らしい男の、もっと口調の明瞭な、ぶっきらぼうな声。サムの心臓は早鐘をうち、マーシャがぎゅっと彼の手を握りしめた。そのまま静かに横たわっていると、しだいに声は遠のいてゆき、二人もいつしか眠りに引きこまれた。

それから一週間というもの、〝声〟は聞えなかった。二人は応接間の床の修復を終えて、ある土曜日の朝、さらに多くの家具を運び入れた。その晩、二人は水晶のシャンデリアの投げる優雅な影に囲まれて、ワインをすすりながらすごした。磨き抜かれたパーケット張りの床はつやつやと光り、赤ん坊は小犬のように部屋の端から端まで這って、自分の世界の境界をたしかめた。サムはカーテンを閉じて、二十世紀をしめだした。

その夜更けに、二人は〝足音〟を聞いた。

ベッドの上の天井を、男のブーツがのしのしと歩きまわる音。それに追いすがっているような小刻みな女の足音。つづいて、またしても〝声〟が聞えた。哀願する女の声と、ぶっきらぼうに拒絶する男の声。

二人は、ブラインドの下から光がさしこみはじめる夜明けまで一睡もしなかった。事情を

「とにかく、一度きて泊ってみてくれよ」ある日の午後、サムは私に言った。

訴える彼の顔は、病人と見まがうほどやつれていた。マーシャもすっかり元気を失っ

て、蕁麻疹にかかってしまったという。「とにかく、一度きてくれないか」

その晩、私はさっそく彼らを訪ねて、応接間のソファで寝かせてもらった。が、耳に入るのはかすかな往来の物音だけで、妙な声など一度も聞えなかった。翌朝、サムとマーシャはいかにも気まり悪げな様子で、言葉もとだえがちだった。

「少し夢中で働きすぎたのかもしれないな」と、サムは私に言った。「ぼくもマーシャも、妙な神経症の一種にかかったのかもしれない」

その晩、二人は二階の応接間の扉がバタンとしまる音と、女がヒステリックにむせび泣く声を聞いた。サムは階段を駆けのぼった。応接間の扉はきちんとしまっていた。なかにはだれもおらず、しんとしていた。サムはゆっくりと階段を降り、赤ん坊の様子を見てから、マーシャをなぐさめてベッドにもぐりこんだ。明かりを消すと、またしても、こらえきれずに泣いている女の声がする。その夜はマーシャも泣きはじめ、泣いているうちに寝入った。

それでもサムはまだ理性を信頼していた。で、ある大工に頼んで、その家のすべての梁やレンガを調べてもらったのだが、これという異常は見つからなかった。彼はついで、一八八四年の建築時にまでさかのぼって、その家の歴史を調べはじめた。代々その家を所有した六人の男の名前まではわかったのだが、役所に保管されている不動産登記簿の記述はごく事務的であっさりとしており、妙に曖昧だった。サムはあきらめずに、それらの人物について、私の勤めている新聞社の資料室で調べてくれないか、と言ってきた。で、私は調べてみたのだが、それらのどの人物に関しても格別異常な事実は発見できなかった。

「頭がおかしくなったんじゃないか、なんて思わないでくれよな」サムは真剣な顔で言った。「ぼくはただ、すべてを納得のゆくまで調べてみたいだけなんだ」

それから一ヵ月あまりというもの、サムとマーシャの耳には何も聞えなかった。最上階の修復がすんだ晩、二人は四柱式のベッドを主寝室に移した。思った通り、そこだとさしもの大きなベッドも小さく見えた。一方の壁には暖炉が設けてあり、裏庭の樫の老木が窓ごしに見えた。赤ん坊の部屋は、同じ階の表通りに面した側にあった。

その晩、二人の耳には音楽が聞えた。陰うつな情感のこもった、嫋々たる竪琴の調べだった。人声は聞えず、ただ竪琴の音だけが、高く低く十九世紀から漂い流れてくるのだった。

またしてもサムはベッドから降り立ち、懐中電灯を見つけて屋根裏部屋に通じる梯子をのぼった。頭が天井につかえそうな細長い部屋は、ガランとしていたが、懐中電灯を手に立っていると、やはり竪琴の調べが聞えてくる。それもすぐ近くで、一つ一つの音節がはっきりと聞えるのだった。あらためて周囲を照らしてみても、何も目に入らない。これという異常はどこにもなかった。それでも、数十年の時空を超えて何事かを訴えようとするように、高く低く竪琴の調べは流れつづけた。彼は梁(はり)にもたれてすわりこんでしまい、じっと暗闇に目をこらした。

一週間後、私は街頭でばったりサムと会った。顎ひげはきれいに剃(そ)り落していて、別人のように明るい顔をしていた。こんど、カリフォーニアに転勤になったのだという。マーシャもとても喜んでるし、赤ん坊の健康のためにもいいと思うんだ——と、彼は言った——ぼくもテニスが存分にできるしね。あの家かい？　あれは売りにだしたよ。

16

あとでだれもが思いだしたのは、〝兵隊〟がとても美しい手をしていた、という一事だった。彼はよく怒り狂って十四丁目の〈ホワイト・ローズ〉に飛びこんできた。着ている陸軍の外套は汚れてボロボロだったし、元ボクサーと一目で知れる腫れぼったい目蓋の顔は、新たな敗北でくしゃくしゃに歪んでいた。それでいて両手は、だれか別人のもののように生き生きと動くのだ。〝メキシコ人〟が彼を愛したのも、その故だったのではあるまいか。

といって、あの手の各部分がとりわけすぐれた機能を持っていたわけではない。たとえば左右いずれの手も、指の先端がみな——とくに左の親指がひどかったけれども——つぶれて変形していた。ろくでもない場所で暴れすぎたせい、喧嘩をしすぎたせいである。右手などは、拳をにぎっても関節の突起がまるでなく、かえってへこんでいるくらいだった。それでも、あの手は全体として、ある種の優雅さを具えていたと思う。

ときに〝兵隊〟がビール割りのフレイシュマンなどを飲んでいると、田舎の牧師館で紅茶をすすっているイギリス軍の下級将校をほうふつとさせるところがあった。あのすっとのばした小指を見るだけで、見る目のある人間にはわかったはずだ——〝兵隊〟の手は、単なるポーズをとるだけでなく、演技まですることができる、ということが。

彼はふらっと〈ホワイト・ローズ〉に入ってきて、カウンターの止まり木にすわる。そして話しはじめると、〝メキシコ人〟が隣に移って耳を傾ける。話の内容はいつもきまっていた。ローナという女のこと。サヴァンナでヤング・ストライブリングというボクサーと試合をしたときのこと。一九四〇年にフォート・ディックスである中尉をのしてしまい、あとで営倉にぶちこまれたさい、衛兵ものしてしまったこと。そして、ホノルルで、やはりMPたちに営倉にぶちこまれたときのこと。

現在の暮らしぶりについて訊かれるとき、彼の両手はきまってぺたっとカウンターにのっているか、グラスをつかんでいる。が、いざ話が過去に及ぶと、その両手は荒々しいイメージや色っぽいイメージをさまざまに再現しはじめる。そのときわれわれの前には猛烈な喧嘩が生き生きと甦るばかりか、美わしのローナの面影までが現出する。〝兵隊〟の両手が見えない彼女の髪に触れたり、はるか昔に消えさった肉体を撫でまわすにつれて、その艶姿がくっきりと浮かびあがってくるのである。「そりゃあ、うっとりするほどいい女でな」〝兵隊〟は言う。「ああ、腰がとろけちまいそうな、いい女よ」それ以上くだくだと説明するまでもなかった。われわれの前にはまぎれもなくローナがいたからだ。別の晩には、その両手はアーカンソーの丘陵のたたずまいを、明け方に飛び立つ小鳥の姿を、小川のせせらぎを、描いてみせた。そう、〝兵隊〟がまだニューヨークに流れつく前、陸軍に入隊する前の暮らしを彩っていたすべてのことどもを。夜がふけてテレビが終ると、〝メキシコ人〟がハーモニカをとりだして、わが身に起きた悪運の数々をメロディーに託して吹いてみせる。〝兵隊〟は、あまり熱心な聴き役ではなかった。

「何も聴かないでいりゃ、こっちが傷つくこともねえからな」というのが、彼の口癖だった。彼が何か悶着を起し、夜が弾けて血と苦痛にまみれるのは、だれかに言葉で傷つけられるからではなく、自分が大声で叫ぶ言葉をだれも理解してくれないからだった。「馬のジョニー、月がでた」と、〝兵隊〟は叫ぶのである。その意味は決して説明しようとしない。〝メキシコ人〟にだけはその意味がわかるらしいのだが、彼もやはり説明を拒んだ。

〝メキシコ人〟は、カンザス・シティーと陸軍を経て、アマリロからニューヨークにやってきた男で、〈ナザレ教団〉の一員だった。しばらく〈ウォルドーフ・アストリア・ホテル〉で働いたことがあったし、〈マヌーチズ〉で皿洗いをやっていたこともあった。けれども、それは食うためにやったのであって、全身全霊を打ちこんでいたのは救済、とりわけ〝兵隊〟の救済だった。「こんな世の中なんて救いたくないよ」と、ある晩彼は言った。「〝兵隊〟だけでも救えりゃ、それでいいんだ」

それからしばらくして、彼と〝兵隊〟は四番街の安ホテルの一室で共同生活を営みはじめた。ときどき、まだ昼前に、〈神〉と〈復活〉について説いている小男と、上着のポケットに両手を突っこんで黙々と聞いている〝兵隊〟の姿が人々の目についた。しかし、〝兵隊〟にしろ〝メキシコ人〟にしろ、昼間とはあまり縁がない。街の生活は夕暮れとともに始まるのだ。十四丁目の〈グラマシー・ジム〉で、われわれが一汗流して出てくると、たいてい通りの向かいの自販機の前に〝兵隊〟と〝メキシコ人〟が立っている。〈リュチョウズ〉の前にリムジンが停まるたびに、空を仰いで「馬のジョニー、月がでた」と叫ぶ〝兵隊〟を見て、若いボクサーたちはくすくすと笑ったものだった。ある雨の晩、車から降り立った女優のザ・ザ・ガボールが、〝兵隊〟の雄叫(おたけ)びを聞いて真っ青な顔でレストランに駆けこんでゆく姿を見たことがある。馬のジョニーって何よ、と彼女は思ったことだろう。こんな雨降りの晩に、月がでた、ですって？

ある晩、私はビールを飲みに〈ホワイト・ローズ〉に立ちよった。カウンターの端に、〃メキシコ人〃がたった一人、しょぼんとした顔ですわっていた。〃兵隊〃はどうしたい、と訊くと、「いっちまったよ」と言う。死んだのかい？　「さあね、ある日出てったきり、帰ってこないのさ」

それ以来、もう三ヵ月たつという。警察をはじめ心当たりのところをあたってみたのだが、どこにいっちまったのか、まるで手がかりがないそうだった。

「家に帰ったんだと思うよ」〃メキシコ人〃は言った。「どっか遠いとこに」

私は彼と何杯かグラスを重ねた。〃兵隊〃の身は神さまが気遣っててくれるはずだから、それほど心配しちゃいないよ、と〃メキシコ人〃は言うのだが、その口調はどことなく自信なげだった。「彼が姿を消す前に、〃あんたは神さまを信じてるかい？〃と訊いたことがあったんだ。そしたら、わからねえな、って言うんだよね。神さまがどんなものかわからねえんだ、って。でもさ、それにしちゃ妙だと思わないかい、彼の両手は本当に……」

しまいまで言わずに〃メキシコ人〃は口をつぐんだ。テレビではフットボールの中継をやっていてだれかが歓声をあげていたし、入口の近くでは口喧嘩がはじまっていた。〃メキシコ人〃は静かにハーモニカを吹きはじめた。まるで、〃兵隊〃の心をそれでたびたび癒（いや）したごとく、この世を癒そうとするかのように。私が釣り銭をもらってバーをでたときも、彼は一人でハーモニカを吹いていた。夜空には月がでていた――〝兵隊〟の両手がこねあげたような、冴え冴えとした満月だった。

17

西五十七丁目の〈ジミーズ〉のカウンターで、マロイは一人待っていた。ハリントンがドアから入ってきてもすぐにわかるだろうか、と考えながら、やたらとピーナッツを頰張り（ほおば）、のべつタバコをふかしていた。海軍時代の、水兵服姿のハリントンならうっすらと記憶に残っている。帽子をいつも後ろにずらしてかぶっていた。口達者な、剽軽（ひょうきん）なやつだった。が、ハリントンの電話を受けてから数えてみると、あれからすでに十八年もたっている。十八年もたてば、まず大概のやつは容姿が一変しているはずである。マロイはまた灰色の街路に目を走らせた。

「最低の日ですね、きょうは」バーテンが言った。「こんな調子じゃ、二度とお天道さまを拝めそうもありませんや」

「ニクソンが再選されて以来、お天道さまは顔をださんのだよ、ダン」マロイは言った。「きっと、神さまがおれたちに腹を立ててるんだろうさ」

ビールをすって顔をあげると、角ぶちの眼鏡をかけた、背の低い、ずんぐりした男がコートを脱いで、クローク係の女性に話しかける姿が目に入った。彼女がカウンターのほうをさすと、男はこちらを向いて目を細くすぼめた。ハリントンだった。マロイが手をふると、男は近よってきた。

「よお」ハリントンはマロイの手を握った。「久しぶりだな。調子はどうだい、ボビー？」

「上々さ。何を飲む？」

ハリントンにはスコッチの水割りを、自分にはビールをもう一本とってから、マロイは、おれも馬鹿だな、と思った。話すことが何もないのだ。が、ハリントンは勝手にしゃべりだした。マロイの名前を新聞のゴシップ欄で見かけたこと。その新聞に手紙を書いて、住所と電話番号を教えてもらったこと。それから彼は訊いてきた——どうだい、近頃の景気は？　ハリントンのほうはホテルの〝管理事務〟にたずさわっており、クリーヴランドの郊外に住んでいて子供が三人、選挙ではニクソンに投票したという。十八年の歳月。二人はまた酒を注文した。月並な話題ばかりの、水っぽい語らいだった。いっそ電話のベルでも鳴って、おれをここから救いだしてくれないものか、とマロイは思った。

「あんたはあれからもどってみたかい？」しばらくして、ハリントンが訊いた。

「どこに？」

「言わずと知れた場所さ」ハリントンは言った。彼はカウンター越しに、ある政治家と話している小太りのブロンド女を見つめていた。「ペンサコーラだよ、基地のあった」

「いや、一度も」マロイは答えた。

「おれもだよ」

そのときマロイの頭に、久しく忘れていた情景が甦ってきた。〈ミス・テキサス・クラブ〉の、あの夜。ペンサコーラのOストリートのあのクラブで、彼らはみなサーディンやチーズ・クラッカーをつまみにしてジャックス・ビールを飲んでいた。ジュークボックスからは、ウエッブ・ピアースの歌う『ゼア・スタンズ・ザ・グラス』が流れていた。それから、喧嘩が始まったのだ。農園労務者の一人が、飛行機整備兵のリヴァーズを刺した。サル・コステラが、ナイフを持ったその男に殴りかかり、マロイがそいつをぶちのめした。大乱闘が始まった。たぶん、彼らを衝き動かしていたのは、退屈と孤独だったのだろう。腕がつぶされ、壜が砕け、テーブルがひっくり返り、ジュークボックスが壊れた。やがて海軍の陸上憲兵が駆けつけてくると、彼らはそいつらとも闘った。が、ハリントンだけは別だった。ハリントンは、その前に逃げだしていたのだ。

「一度あそこを訪れてみようかと、何度も思ったよ」ハリントンはスコッチを干し、グラスを押しやってお代わりを頼んだ。「でも、昔の面影はまるでないだろうな、きっと」

「ペンサコーラのほうでも、おれたちには昔の面影はまるでない、と思うだろうさ、ジョン」

ハリントンは真っすぐ前方を見つめたまま、やや大きすぎる声で笑った。

「で、その映画の仕事では儲かってんのかい？」彼は唐突に訊いた。

「まあ、儲けてるのは政府ってことになるだろうな」マロイは答えた。「税金でみんな持ってかれてしまうんだから」

ハリントンはゆっくりと彼のほうを向いた。「それはそうと、あんたはなんでここに住んでるんだい？　つまり、このニューヨークに……」

「というと？」

「つまりさ、ニューヨークの時代はもう終ったってことは、だれでも承知してんじゃないのかい」ハリントンの声は確信に満ちていた。「言ってみりゃ、ここは肥えだめも同然で——」

「おれはこのニューヨークで生れたんだよ、ジョン」マロイは言った。「ここがおれの故郷なんだ。おれもいままで、色々な土地に住んではみたがね」

「しかし、この街の薄汚なさはどうだい。それに、ニガーのやつらや犯罪。どうしてこんなとこに我慢できるのか、わからんね。なにも、ここじゃなくちゃ暮らせない、ってわけじゃないんだろう？」

「まさにそこなのさ、肝心な点は。おれはここが好きで、どこよりも好きで暮らしてるんだ」

ハリントンは微笑を浮かべた。憐（あわ）れむような笑みだな、とマロイは思ったが、気にしなかった。ニューヨークのいいところは、口で説明しようとしたって、できるもんじゃない。それを知りたければ、住んでみるしかないのだ。

マロイはビールをすすりながら、しばらく回想に浸った。それから、静かに言った。

「あんたはなぜ逃げたんだ、ジョン？」

「逃げた？」

「ああ」

「どういう意味だい、そりゃ？」

「〈ミス・テキサス・クラブ〉での、あの晩のことさ、ジョン」

「ああ」ハリントンは言った。「あの晩のことか」

「そう、あの晩のことだ」

ハリントンは肩をすくめて、それっきり答えようとはしなかった。そのうちダグ・

アイアランドが入ってきたので、マロイはしばらく彼と話した。酒場は急に込みだした。客がつぎつぎに回転扉から入ってきて、濡(ぬ)れたコートとコウモリ傘をクローク係に預けてゆく。冷たい、陰うつな外部の世界から守ってくれる、暖かいオアシス。店内はひときわ騒がしくなり、活気を帯びてきた。と、ハリントンがそっとマロイの肘(ひじ)に触れた。

「じゃあ」彼は言った。「またな、ボビー」

「ああ」マロイは答えた。「またな」

「楽しかったよ」

二人は握手を交わさなかった。人込みを縫ってクローク・カウンターに歩みよっていくハリントンの後ろ姿を、マロイは見守った。コートを受けとったハリントンは、外にでて、ドアマンが雨の中を見すかしてタクシーを探しているあいだ、日よけの下に立っていた。マロイはジュークボックスに歩みよった。ウェッブ・ピアースが聞きたかった。彼の『ゼア・スタンズ・ザ・グラス』が聞きたかった。さもなきゃ、ハンク・ウィリアムズでもいい。あるいは、『オンリー・ゴッド・クッド・メイク・ホンキー・トンク・エンジェルズ』をうたった、あの女性歌手でもいい。突然、マロイは喧嘩をしたくなった。若い頃にもどって存分に体を動かし、沿岸警備隊の連中と思いきり殴り合いたかった。ジュークボックスにはウェッブ・ピアースの歌はなかった。

彼はトニー・ベネットで我慢することにした。顔をあげて周囲を見まわすと、ハリントンの姿は消えていた。

18

ケイシーはコミック・ブックが大好きだった。物心ついたときからその虜になったのだから、最初に読みはじめたのは第二次大戦時にさかのぼるだろう。読む場所は階段をのぼりきった部屋の前ときまっていて、天窓を叩くブルックリンの春雨の音を聞きながら、ドアにもたれて『若き同盟軍』や『少年特攻隊』や『キャプテン・マーヴェル・ジュニア』に読みふけったものだった。それが彼の少年時代であり、それ以外の思い出は一つもなかった。

「当時はどの本も六十四ページあってね」と、彼はあるとき私に語ったことがある。「あんなに分厚くて、たったの十セントなんだ。絵のきれいなことといったらなかったね」

兵士たちが本物の戦争を闘っているとき、ケイシーは、キャプテン・アメリカとバッキーがあの恐るべきナチのスパイ、レッド・スカルを相手に繰り広げる闘いに夢中になっていた。もちろん、スーパーマンはケイシーにとっては退屈だった。スーパーマンは完璧すぎたし、その活躍の場メトロポリスはただけばけばしいだけで、生彩に乏しく、空疎だったからである。その点、バットマンは、深い暗闇、人気のない倉庫、疾走する車、ピストル、機関銃、貨物用のフック等に彩られる悪夢の街、ニューヨークに住んでいたから、当然好きだった。

ケイシーはまた、ヒューマン・トーチとその相棒、トーローの世界にものめりこみ、トーローの炎はなぜ澄んでいるのか、ヒューマン・トーチの赤い体にはなぜ引っかき傷がついているのか、長いあいだ不思議に思っていた。数年後、引っかき傷と見えたものは実は筋肉であることを知った。海の底からやってきたサブマリーナー、あのアトランティスのプリンセス・フェンとアメリカ海軍の将校との間に生れたプリンス・ナモールとなると、好きになったり嫌いになったりした。ときどきケイシーは屋上からニューヨーク港をながめながら、サブマリーナーみたいに息を止めたままで何日間、何週間、何年間もあの港を泳ぎつづけることができたらどんなにいいだろう、と思った。それから摩天楼のほうに視線を転じて、あの港や摩天楼の上空狭しと繰り広げられた、サブマリーナー対ヒューマン・トーチの一大決戦を思いだしたりもした。その勝負は引き分けだったのだが、ぎりぎりまで戦えばサブマリーナーのほうに勝ちめがあるにちがいない、とケイシーは思っていた。人間松明（たいまつ）であるヒューマン・トーチは海中に潜れないのに対し、水中人間であるサブマリーナーは自由に海中を動きまわれるからだ。ときどきケイシーは、自分も海の底にもぐれればいいのに、と思った。

第二次大戦が終った。それから数年間、夕方になると友だちがやってきて、互いにコミックを交換した。交換率は表紙のはがれ落ちた本二冊と『ワールド・ファイネスト』一冊。『スーパーマン』一冊と『アーチー』二冊と『バットマン』一冊。それは、美学的、道徳的判定に基づく複雑な計算によって決定された交換率だった。そのうち友人たちは高校にあがり、卒業し、徴兵され、結婚し、よその土地に引っ越していった。もちろん彼らはもうコミックになど目もくれなかった。ケイシーは依然としてコミックを読んでいたし、それらをすべて保存していた。それがいっぱいになると、壁一面を蔽う書棚をつくった。近所の食料品店からもらってきた段ボールの箱にもつめて、ベッドの下に置いたりもした。そのうち、コミックの〝黄金時代〟も終焉を迎えた。ヒューマン・トーチ、キャプテン・アメリカ、グリーン・ランタン、ホークマン、素晴らしいヒーローたちが次々に姿を消していった。ケイシーの人生において最初に時代から置き去りにされたのは、それらのスーパーヒーローたちだった。しばらくたつと、相変わらず本屋の店頭に並ぶのは、スーパーマンとバットマンだけになってしまった。ケイシーはＥＣ社の系統のコミックを集めるようになり、その系統のアーティストたちの仕事に着目するようになった。『トゥー・フィスティッド・テイルズ』におけるハーヴィー・カーツマンの偉大な映画的描法。『ウィアド・サイエンス』におけるウォリー・ウッドの美しい機械の描写。そして、『ザ・ホーント・オブ・フィア』においてグレアム・インゲルズが描いてみせた、腐爛（ふらん）してゆく死体の生々しさ。

いつのまにか、母親は彼の部屋の掃除をしてくれなくなった。父親は彼のことを〝コリヤー家の三男坊〟と呼んだ。ケイシーの孤独感は深まっていった。彼の趣味について語る相手は、もはや周囲にだれもいなかった。じっさい、コニー・アイランドのバーや〈ケイトン・イン〉のような酒場で、『ザ・スピリット』におけるウィル・アイスナーの名人芸や、C・C・ベックの創りだしたキャプテン・マーヴェルに見られる童心の美しさ等について語ろうものなら、笑い者にされるのがオチだっただろう。そういう場所でみんなが夢中になるのは、シュガー・レイ・ロビンスンとか、アーチー・ムーアとか、政治とか、トリガー・バークの死といったような話題なのだ。彼が話したかったのは、アレックス・トスとか、ロイ・クレインとか、ミルトン・カニフといったアーティストたちについてだった。彼は結局、自分を相手に話すしかなかった。

やがて、陸軍からの召集令状が届いた。ケイシーは徴集されたのだ。朝鮮戦争は終っていたが、陸軍は彼を必要としたのである。ケイシーは慌てた。コミック・ブックのコレクションをそのまま家に残していったら、きっと両親が放りだしてしまうだろう。両親にはその価値がわからないのだ。で、ケイシーは私のところにやってきて、コレクションを預ってくれないか、と頼んだ。私はそのとき、すでに海軍を除隊して自分の家に住んでいた。

「きみならわかってくれるよね」彼は言った。「きみは読書家だもの。書物を投げ捨てたりはしない。ぼくにとっては、あのコミックが大切な書物なんだ」

それから二年間、ケイシーは兵役に服した。私は彼のコレクションを、キャンベル・スープの段ボールの箱十七個におさめて、ガムテープで封をしておいた。ケイシーがときどきよこす手紙には、子供の安否を気づかうような口調でコレクションの無事をたずねる文句が記してあった。除隊すると、ケイシーは新妻を伴って帰ってきた。彼女はカリフォーニア生れの若くて可愛らしい女性だった。ケイシーがコレクションのつまっている箱をあけるときなど、面白そうな目つきで見ていた。「彼女はね、よくわかってくれてんのさ」段ボールの箱を軽トラックに積みこむ合い間に、ケイシーは私に耳打ちしたものだった。二人は、彼がGIローンでスタテン島に買った新居目ざして走り去った。それから十五年近くのあいだ、私は彼と顔を合せることもなかった。

　ある退屈な日曜日、古めかしいコモドア・ホテルで催されたコミック・ブック業者の年次大会を私は取材していた。展示台やテーブルの間を歩きまわりながら、だれもがみな一度は少年期に通りすぎた夢の名残りを見てまわっていると、だれかに名前を呼ばれた。ケイシーだった。さすがの彼もそれなりに年をとり、でっぷりと太って顎ひげを生やしていた。が、ふちなし眼鏡の奥で光っている目は、不思議に無垢な輝きを放っていた。じっさい、それはキャプテン・マーヴェルの目に似ていた。

「信じられるかい」彼は言った。「ぼくはいま、ノエル・シックルズの『スコーチー・スミス』の原画をたったの三百ドルで手に入れたんだ」

　私はある業者の展示スペースに連れられていって、その絵を見せられた。実に美しい絵だった。懐しいベン・デイズを描いた色は深みのある茶色に変わっており、オランダの巨匠たちの作品のようなクラシックな艶を帯びていた。ケイシーの目は輝いていた。素晴らしい絵だね、と私は言った。自分も昔からシックルズが好きで、彼はアメリカが生んだ最高のイラストレイターの一人だと思っている、と。

「こんな散財をして、女房に殺されるよ」ケイシーはささやいた。「でも、こんなに素晴らしい絵を見たら、黙って通りすぎれんもんね」

　ぜひ家に遊びにきてくれよ、と彼は言った。数週間後、私は車でヴェラザノ橋をわたって、スタテン島を訪れた。あのカリフォーニア生れの女性が戸口で出迎えた。若さとともに、初々しい笑みも失われていた。髪もほつれていたし、目の表情にも張りがなかった。私をなかに招じ入れてから、彼女は、あなた、と奥を向いて叫んだ。カタカタとタイプを打つ音がやんで、ケイシーが現われた。

「やあ、ごめん。コミックのカタログをつくっていたもんでね」

細君が奥へ消えると同時に、彼は周囲を見まわして、私の反応をうかがった。至るところ、コミックだらけだった。床から天井まで届く書架に、一冊ずつビニールのカヴァーをかけられて、ぎっしりと並んでいる。それぞれの書架の下には、分類を示すラベルが貼りつけてあった。プラネット。ジャングル。デアデヴィル。マーヴェル。

書架にふさがれてない壁は、一面、額入りのオリジナルの絵に占領されていた。ミルトン・カニフの『テリーとパイレーツ』、ロイ・クレインの『キャプテン・イージー』、フランク・ロビンズの『ジョニー・ハザード』、一連のシックルズの絵。ジャック・カービー、フランク・フラゼッタ、ジャック・デイヴィス、バーナード・クリグスタイン、ビル・エヴェレット等々によるコミック・ブックのイラスト。バーン・ホーガースによる『ターザン・サンデイ』中の一ページ。ウィラード・マリン、レオ・オミーリア、その他の画家によるスポーツの絵。テーブルにはバック・ロジャーズの光線銃がのっていたし、ある棚には『ビッグ・リトル・ブックス』がきちんと並んでいた。各種のボタンや、トム・ミックスのホイッスル兼用の指輪や、キャプテン・ミッドナイトの暗号解読表等が入っているボウルもあった。それらを見まわしているケイシーは、一種陶然とした顔をしていた。けれども、細君がお茶を私にすすめにもどってくると、とたんにそわそわと落着かない表情になった。帰ろうとする私にすりよって、彼は耳打ちした。「女房はわかってくれないんだ」

二人の間には、彼以外には子供はいなかった。そして一年後、私は彼から、訪れるべくして訪れた破局の経緯を教えられた。彼の細君は、ほぼ一年かかって、カリブ海にヴァカンスにでかける費用を一千ドル貯めたのだという。そこへある日、ケイシーの勤務先の保険会社に、知合いの業者から電話がかかってきた。ハル・フォスターの『プリンス・ヴァリアント』の原画が一ページ分、八百ドルで手に入りますがいかがです？「そいつはね、嘘(うそ)みたいなバーゲンだったんだよ」

ケイシーは悩んだ。近頃では、フォスターの原画はめったに入手できない。しかもその原画には王子とその妃アリータが描かれているばかりか、城壁における戦闘まで素晴らしいタッチで描かれているという。「このチャンスを逃したら、もう二度とそういう逸品は手に入らないだろう、と思ったんだ」

彼は銀行からヴァカンス用の金をおろして、その原画を買ってしまった。それを妻に話すと、彼女は二階にあがって黙って荷造りをし、カリフォーニアに去っていった。彼女がいなくなると、ケイシーはとうとうまた一人きりになって、長いあいだじっとすわっていた。

それから書架に手をのばし、『デアデヴィル』の十五巻目をとりだした。その巻では、ミートボールというデブの子がスティームローラーズというギャング団に追われて、暗い川底に身を隠す。あとで川からあがったそのデブの子は、重い肺炎にかかって死んでしまう。数年前、初めてその巻を読むまで、ケイシーはただの一度も死のことを考えたことがなかった。彼はソファに横になり、ブルックリンの天窓を叩く雨の音を思いだしながら、またそのコミックに読みふけった。しばらくして、彼は少年に特有の、夢も見ない深い眠りに落ちていった。

19

上の二人の子を学校に送りだすと、マーサはキッチンの大きなオーク材のテーブルを前にすわって、『ニューヨーク・タイムズ』の一面に目を走らせた。出ていったはずの子供たちが、いつまでもズキズキと疼く歯痛のように、まだ背中にしがみついているような気がした。見えない子供たちはマーサに触れ、すがりついて、かけがえのない朝のひとときにまで割りこんでくる。いちばん上の子がパイナップル・ジャムをそこら中にこぼしていったらしく、新聞を持ちあげようとすると、食卓にへばりついていた。こぼれたジャムは、粘ついてしつこいところが、子供に似ている。違いがあるとすれば、子供は濡れたふきんでさっとぬぐいとってしまえない、という点だろう。マーサは息を止めて、上の部屋で眠っている末の子が泣きだす瞬間を待ちかまえた。

新聞の記事を読もうとするのだが、活字が左右に流れていっこうに焦点を結ばない。アッティカ刑務所の虐殺。知事が言明したところでは。スポークスマンは本日記者会見で。飢饉に怯えるパキスタン。それらの記事の内容が、もはやすんなりとは頭に入ってこない。殺戮にせよ災厄にせよ、あまりにも規模が大きすぎて、活字の背後の現実が遠くかすんでしまうのだ。いちどきに四十人の死者がでる情景など、もはや想像もできないし、飢饉がどういうものかも、正確に思い描けない。それに、カンボジアの農民たちの写真にはパイナップル・ジャムがこびりついていた。何かの抜け殻のようにぐったりと椅子にもたれかかって、マーサは壁を見つめた。

『馬の口』のアレック・ギネスを思いだした。あの映画を見てから一年というもの、映画の中のギネスを真似て、壁画を描くための壁をあちこち探し歩いたっけ。あの映画は、たしか八丁目のアート・シアターで見たのだ。あれは何年だったろう？〈プラット・インスティテュート〉で絵を学んでいた頃だったから、一九五六年か五七年だったはずだ。ある彫刻家と一緒に見にいったのだが、その彫刻家はのちにＧＭの車のフェンダーやダッシュボードをデザインした。デザインはデザインさ、ブランクーシだって生きてればビュイックのデザインをしてるかもしれないよ、と、会う人ごとに彼は弁解していた。彫刻は上手だったが、溶接は下手な男だった。名前は——。名前は何だっただろう？　思いだせない。覚えているのはたった一度、友人の部屋でドンチャン騒ぎのパーティーをやったあとで彼と寝て、砂をかむような思いを味わった、ということだけだ。

上の階で、末の子の泣き声がした。こっちにきてかまってくれと執拗にせがむ、かん高い声。思わず体が強ばり、腰のあたりが疼きはじめたが、もう一度『ニューヨーク・タイムズ』の紙面に目を凝らした。もしあの子の声を無視できれば、泣きやむまで放っておくことができれば、無造作にひっぱたいて黙らせることができれば、あるいはいまの暮らしにも耐えられるかもしれない。マーサは、むかしテオドロス・スタモスの展覧会を見たあとで自分の描いた絵を思いだそうとした。あれは、だれもが抽象表現派になりたいと憧れた冬だった。彼らはよく、フランツ・クラインに会えやしないかと〈シーダー・タヴァン〉に通ったものだった。友人たちのなかには、クラインと寝たと自慢する者もいた。月曜日にはみなこぞって、黒と白の大胆な図柄の絵を描きだすのだが、水曜日にはまた意気銷沈してしまうのが常だった。メゾネット式のアパートのキッチンにじっとすわりこんだまま、マーサは、いまの暮らしのすべてを白い布で蔽ってしまえないものか、と思った。

〝無関心〟の鎧は、やはりほころびた。マーサは二階にあがった。子供のおむつをとり、体を洗い、細い足にパウダーをふりかけてから、じっと見つめた。まだ泣いている。これ以上してやれることはないのに、まだ何かをせがんでいる。ぎゅっと抱きすくめて黙らせようと、かかえあげた。生後七ヵ月。その子を妊った夜も、いつもと変わらぬ味けない交わりだった。

子供を抱えて、デュビュッフェの複製画とベン・シャーンのポスターの前の階段を下りながら、マーサはまた家出することを考えた。そのときの手順なら、もう何度も頭の中で練習していた。オーク材のテーブルに夫宛ての書き置きを残し、子供たちを隣人に預け、衣類をスーツケースにつめて玄関から出る。その練習を頭の中でくり返すときの彼女はいつも二十二歳で、行先はいつもパリだった。パリにいったらソルボンヌでフランス語を学び、午後には存分に絵を描く。テレピン油やリンシード油の匂いを、彼女は思いだした。キャンヴァスにパレット・ナイフで勢いよく絵具を塗りたくるときの感触を思いだした。だれもが抽象表現派に憧れるようになる前の年、彼女はどんなに個性的な絵を描けたことか。『巴里のアメリカ人』にでてきたジーン・ケリーのアパートの内部をマーサは思いだした――ベッドは天井から滑車ベルトで吊りさげられており、画架が堂々と北側の隅の窓の前に立ててあったっけ。それから、煙突に置かれた植木鉢に、鳩に、ジーン・ケリーの野球帽に、『アイル・ビルド・ア・ステアウェイ・トゥ・パラダイス』という歌。マーサはとうとうパリにはいかずじまいに終った。代わりに結婚したのだ。

電話が鳴った。母からだった。子供たちは元気？　うちにもいらっしゃいよ。ねえ、レイチェルがどうなったか知ってる？　サムは元気？　万事、順調にいってるのね？　ええ、と、マーサは嘘（うそ）をついた。順調よ。すべてうまくいってるわ。最高。何もかも順調よ、順調よ、順調よ。受話器を置いて、まだ自分にしがみついている赤子に気づいたとき、彼女は泣きだした。やっぱりだめ、家出なんてできっこない。サムが、いかにも弁護士風のあの深刻な顔でからっぽの洋服ダンスを見つめるさまや、囲い柵に入れられた迷い犬を引きとるように子供たちを受けとりにいくところを想像すると、とても耐えられなかった。やっぱりここにすわって、夫や子供たちの帰りを待つしかない。

マーサはレンジに歩みよって、赤ん坊のための壜(びん)をあたためはじめた。しばらくして赤ん坊をベビー・サークルに入れると、また『ニューヨーク・タイムズ』をひらいて、最終ページをあける。天気予報の欄をじっと見つめた。パリの気温は十五度、晴。一週間ぐらいしたら壁を塗りかえてみよう、と彼女は思った。

20

私の友人ヘンリー・ベイルは、大晦日の晩は必ず家ですごすことにしている。路上は酔っ払いであふれ返るからだ。ビールを浴びるように飲んだ大学生、父親の車でジャージーから乗りつけた若者たち、オールド・オヴァーホルトで酔っ払った生物学の教師、オランダ人の水夫たち、秘書同伴の会社のお偉方ども、ウェストチェスターの非番のおまわり、そして経済紙の記者たち。そういう輩(やから)を、ヘンリー・ベイルは心から軽蔑していた。連中はみんな大晦日(おおみそか)のすごし方を知らないアマチュアじゃないか、というわけだ。連中の運転の仕方たるや気違いじみてるし、何かというと喧嘩(けんか)をはじめるのだから。

「わたしはね、大晦日の晩はきまって家ですごすんだ」年の暮れが近づくたびに、彼は私に言う。「その晩だけは、特別なパジャマを着るんだよ。シルク製のやつでね、そのうえにガウンをはおる。スリッパも上等なやつをはくんだ。そして、〈ザバーズ〉

か、あるいはどこかのチャイニーズ・レストランから、美味しい料理をとり寄せる。そいつをずらっとテーブルに並べて、音楽を聴くのさ。この晩だけは耳に優しい静かな曲、そう、ラヴェルの音楽なんかいいな。それから、ワインを一本あける。シャンペンはだめ、あれはいただけんからね。とにかく、芳醇なやつがいい。で、料理を食べ、ワインをすすり、ソファに長々と寝そべる。そして、零時十五分前になったら、テレビをつけるんだ。ガイ・ロンバードを観るんだよ。連中は過ぎし一年を送る〝蛍の光〟をやってくれるからね。それが終ったらテレビを消して、ベッドに入る。そして、しばらく好きな本を読んで、車があちこちで衝突する音を聴きながら、連中はどうやって死体をジャージーまで運ぶんだろう、と考えるのさ」

もちろん、ヘンリー・ベイルは一人暮らしをしている。彼はよくヘンリー・ヒギンズの言葉を借りて、自分は〝信念に基づく老いたる独り者であり、将来もそうである公算が強い〟と言ったりする。実のところ、彼はまだ四十三だから、それほど老けているわけではないし、ゲイでもない。結婚生活につきもののゴタゴタが嫌いなだけなのだ。余分なものが並んでいる浴室の棚、ぎっしりつまっている洋服ダンス、毎日自分以外の人間のご機嫌をとり、黙っていたいときにもしゃべらなければならない気苦労――そうしたもろもろのことが嫌いなだけなのである。

「結婚というやつも、一度試してみたことがあるよ」皮肉っぽく笑いながら言うのが、彼の癖だった。「それでわかったんだが、わたしは結婚には向いてないんだね。結婚していると、家の中が朝出ていったときと同じだったためしがないだろう。本はどこかにいっちゃってるし、冷蔵庫のレモンも食べられてしまっている。絶対に朝と同じだったためしがないんだ。至るところにだれかさんの指紋がついてるしね。大晦日なんかは最低だったよ。何か新しい誓いをたててそれを破ると、きまっていやみを言われるんだから」

ヘンリー・ベイルのたてる大晦日の誓いは、いつもきまっていた。来年こそはタバコをやめる。ジムに通って体重を落し、心臓に活力を甦らせる。バルザックの全作品を読破する。仕事関係の書類など一切ブリーフケースにつめこまずに、掛け値のない本当の休暇をとる。ヘンリー・ベイルは、誓いをたてるのが好きな男だった。

「ところが、その誓いを守ったためしがないのさ」彼は言う。「だからこそ、また誓いをたてるわけでね。自分がすべきことはちゃんとわかってるんだが、いざとなると、したいことをしてしまうんだな。わたしはきっと、精神医の言う〝度しがたい個人主義者〟ってやつなんだろう。あるいは、ただ単に罪深いだけなのかもしれんね。罪とはつまり、してはならないこと、だろう。ワイフってやつは、夫が罪を犯すことをいやがるからね」

昨年の大晦日のこと。彼はのんびりと浴槽につかり、さてワインでも一杯と思って浴槽からあがり、シルクのパジャマを着ようとしたところ、電話が鳴った。てっきりこの私が、また新たな誓いの内容を問い合わせてきたのだろうと思って、ヘンリー・ベイルは受話器をとりあげた。かけてきたのは、私ではなかった。

「ひさしぶりね、ヘンリー」声を聞いたとたん、彼は憂鬱（ゆううつ）になった。「あたしよ、ヘレンよ」

ヘレンとは、ヘンリー・ベイルの最初にして最後の妻だった。もう八年ほど音信も途絶えていた。離婚手当の小切手はいまでも毎月送っているし、それは現金化されてもいるようだが、それ以外の連絡は一度もとったことがなかった。二人の間には、子供もない。彼女に対して、ヘンリー・ベイルは、無関心以外のいかなる感情も持ち合わせてはいなかった。

ヘレンがしばらくメキシコに住んで、水彩画を学んでいたことは知っていた。それから彼女はヨーロッパにわたり、ビアリッツ、ローマ、ローザンヌと転々と移り住んだらしい。したい放題の暮らしをして、情人も次々にとりかえているようだった。そうした暮らしを可能にしたのは、すべて離婚手当のおかげだったが、ヘンリー・ベイルは格別腹も立たなかった。彼は貴重な教訓を学んだのであり、離婚手当はその代償だったのだから。

「助けてもらいたいのよ、ヘンリー。あなた以外にお願いできる人がいないの」

「ヘレン、わたしはいま、その……パジャマ姿でいるところだし——」

「ねえ、会っていただけないかしら。とても重要なことなのよ。本当に重要なことなの。じゃなかったら、こうして電話をかけたりはしないわ。これまでに、こういう電話をかけたことあった、あたし?」

「いや、ないよ、ヘレン。でも——」

「お願いよ、頼むから」ふるえを帯びたその声には、絶望にうちひしがれて助けを求めている悲痛な響きがあった。ヘンリー・ベイルは吐息をついた。やむなく彼女がいまいる所をたずねると、グリニッジ・ヴィレッジのモートン・ストリートに面した家だという。わたしがいま住んでいるのはそこからだいぶ離れたウェスト・サイドなんだ、また別の日にしてもらえんかね、と言うと、どうしてもいまじゃなくちゃだめだ、という返辞。で、ヘンリー・ベイルは服を着て、出前してもらった夕食に別れを告げると、大晦日の夜の路上にでていった。

「タクシーをつかまえるのに、二十分もかかったよ」ヘンリーはあとで言った。「運転手は、能天気なヒッピーでね。わたしが乗りこむと、変な臭いがするでしょう、と謝まるんだ。二人のフランス人が、ハーレムにいく途中、後部シートで吐いたんだという。その連中は〈21〉の前で拾ったというから、連中は夕食に何を注文したか知ってるか、とたずねると、運転手は笑いだしたよ。それから四分後に、わたしはモートン・ストリートに着いた」

彼がタクシーを降りると、ジョーン・クロフォードとベティー・デイヴィスの扮装をした二人の女装マニアが、七番街の角で〝イエスタデイ〟をうたっていた。彼は、柵にもたれて眠っている、ビロードの襟つきのコートを着た中年男の前を通って、ヘレンのアパートメントの玄関前の階段を急いでのぼった。彼女が教えてくれた番号のベルの上には、別人の名前が書いてあったが、かまわずに押した。

「ひと目ヘレンを見て、わたしは目を疑ったよ。ぶくぶくに太って、体重は優に二百ポンドを超えていたし、わたしより二十歳も年上に見えたからね。彼女は居間にすわっていたんだが、そこは、休暇旅行にでている友人の家を借りていたんだ。とにかく、これがヘレンだとは信じられなかったね」

彼女はヘンリーの背後でドアをロックし、酒のグラスをさしだした。ヘンリーが断わると、自分のグラスに強めのをついだ。彼女が腰を下ろした革張りの椅子は、押しつぶされたような悲鳴をあげた。ヘンリー・ベイルは、ヘレンと出会う前に結婚直前までいった女たちを思いだそうとした。ブロンクス出身のコンガ奏者、幼児を抱えたフランス系カナダ人、エルムハースト出身の公法学者。そしていま、あのときと同じように彼女たちを舞台から押しだして、ヘレンは彼の目の前にいた。

「いったい、どうしたというんだい、ヘレン？」ヘンリーは訊いた。「わたしにどうしてくれというんだ？」

「それが、どう言ったらいいのか」

「さあ、ヘレン。わたしは一刻も早くうちに帰りたいんだ。さっさとベッドにもぐりこんで、テレビのガイ・ロンバードを観たいんだよ、きょうは大晦日だから。さあ——」

「わかったわ」彼女は言った。「あたし、いますぐ、二万五千ドル要るの」

「何だって！」

「その二万五千ドルが用意できないと、両脚を折られてしまうのよ」

「だれに？」

「だれかに。嘘じゃないの。本当に折られてしまうのよ」

彼女はヘンリー・ベイルに、事情の一端を打ち明けた。そもそものきっかけは、ヨーロッパで知り合ったオーストリア人のボール・ベアリング製造業者にギャンブルに誘いこまれたことだったという。それから、イエーメン人の石油成金と連れだってあちこちのカジノをまわっているうちに、深みにはまっていった。イギリス人の映画プロデューサーとモンテ・カルロにいったときにはすってんてんになり、ある朝目がさめたとき、自分が病的な賭博常習者になっていることに気がついた。

「それであたし、四ヵ月前にニューヨークにもどってきたの」彼女は言った。「ある人たちからお金を借りて、他の人たちに返したんだけど、その人たちに金を返せって迫られてるのよ、ヘンリー。返せと言われても、あたし、いま無一文なの。借金があるだけなのよ、ヘンリー。このままじゃ、死ぬしかないわ」

もし彼女が死んでくれれば、毎月払っている千五百ドル以上の離婚手当を浮かすことができるな、という考えが、ちらっとヘンリーの頭をかすめた。それだけの金があまれば、素敵な版画や、ワインや、稀覯本が買えるだろう。が、椅子から立ちあがって、月並みなクリムトの画の複製を目にしたとき、彼の頭には、両足を折られて裏通りに放りだされているヘレンの哀れな姿が浮かんだ。そしてヘンリー・ベイルは、あの最も手に負えない感情、すなわち憐憫が心中にうごめくのを覚えたのである。

「わたしはなんとかその感情を払いのけようとしてみたよ」彼はのちに言った。「しかし、彼女の声を聞いていると、みんながサンバを踊っているのを指をくわえてながめているデブの女の子を思いだしてね」

ヘンリーは彼女に厳しい訓戒を与え、ギャンブルには二度と手をださないと誓わせ、精神医の診断を仰ぐようにすすめた。そのうえで、新年の休日がすぎたら自分の計理士に電話するように言った。

彼が立ち去ろうとすると、ヘレンは、これ以上派手な感謝の表わし方はないと思われるくらいの大仰な身ぶりで感謝の意を表わした。彼女は叫び、むせび泣き、大きな太い腕でヘンリーを抱きすくめて、今夜泊っていかないか、とすすめた。もともとヘンリー・ベイルは、ルーベンス描くところの豊満な女性が好みではあったが、目の前のヘレンほどになるとまた別だった。彼はヘレンの手を握り、来年はいい年でありますようにと言って、深夜の路上にでた。

「ビロード襟のコートを着た男は、まだ柵にもたれていたよ」それからのことを思いだして、彼は言った。「ところがポケットはザックリと切り裂かれていてね、だらんとたれさがっているんだ。そこへ、こんどはファラ・フォーセットの扮装をした女装マニアが、『虹のかなたに』をうたいながらバスケットボールのボールをドリブルしながらやってきた。見わたす限り、タクシーは一台も通らないんだ。ただの一台もね。体の芯まで凍えそうに寒かったよ。仕方がないから、わたしはシェリダン・スクエアまで歩いていった。

すると、〈スマイラーズ〉の前で、変てこな帽子をかぶった二人の男が、やはり変てこな帽子をかぶった三人目の男を足蹴(あしげ)にしているんだ。店内のガードマンはと言えば、商品のバターを『デイリー・ニューズ』のあいだにはさんで持ちだすやつがいないか見張るのに懸命でね。で、わたしは、その変てこな帽子をかぶっている男の一人に、なぜそんなに歩道でのびている男を蹴とばすんだ、と訊いたんだ。すると、たちまちわたしは目に一発くらってね。ようやく目が見えるようになったと思ったら、蹴とばされていた男も含めて、みんないなくなっていた。

　わたしはアプタウンの方角に歩いていった。すると、〈セント・ヴィンセンツ〉の前で、二人の女がタクシーから男を抱えおろしていた。その男の顔たるや血まみれだった。急いでそのタクシーに駆けよっていったところが、逃げるように走り去ってしまってね。きっと運転手もびくびくしてたんだろうな。わたしは目がほとんど見えなかったし、そこまで四ブロックほど歩くあいだに、指の感覚がまるでなくなっていた。不安になって、凍傷の徴候をあれこれ思いだそうとしたほどさ。足は熱い湯につけたほうがいいんだろうか、それとも水につけたほうがいいんだろうか、と思いながらね」

　十四丁目に達したところで、飛び出しナイフを手に『三銃士』ごっこをしている三人の若者を避けるために、彼は通りの向こう側にわたった。ぐったりとのびている海兵隊の男をまたいで進むと、近くの戸口で、女の浮浪者が背中を丸めて呻（うめ）いていた。だが、ヘンリー・ベイルは一度は自分の妻だったデブの女を呪いながら前に進んだ。すると、突然、午前零時になった。

　あちこちで窓がいっせいにひらき、ラッパが鳴りわたった。前方のタイムズ・スクエアでは、気違いどもが大騒ぎをしているだろう。彼は二十三丁目で地下鉄の階段を降りていった。が、改札口の前で拳銃を持った男を見たような気がして、さっとふり返るなり階段を駆けのぼった。近くのあけ放たれた窓から、ガイ・ロンバードの最大のヒット曲が流れてきた。中年の男が二人、酒場の入口からもつれるようにでてきたと思うと、酒壜(さかびん)で殴(なぐ)り合いをはじめた。ヘンリー・ベイルはタイムズ・スクェアと八番街を避けて東のほうに急いだ。〈メイシー・デパート〉の前にさしかかったとき、待望のタクシーが見つかり、それで家に帰ってきた。

「部屋に入るなりベッドにころげこんで、ぶるぶる震えながら、そのまましばらく横たわっていたよ」彼は私に言った。「それから眠りに落ちると、夢も見ずに熟睡したね」

黒く腫(は)れあがった目がもとにもどるまでには、十日もかかった。彼は約束の二万五千ドルをヘレンにわたす一方で、今後二十年にわたって毎月の離婚手当から百ドルずつ差し引いていく手つづきをとった。小切手を現金に替えると同時に、ヘレンは、感謝の言葉一つ彼に伝えるでもなくニューヨークから姿を消した。モートン・ストリートの部屋をヘレンに貸していた女性の話では、彼女はラス・ヴェガスにいったのではないかという。が、ヘンリー・ベイルは特別腹も立たなかった。

「とにかく」と、彼は私に言った。「わたしはこうして生きていられるんだからね」

今年も私は、彼の新しい誓いを聞こうと思って、電話をかけてみたのだが、いくら呼んでもヘンリー・ベイルは電話にでなかった。

21

毎年カレンダーがアイルランド人の祭日である〝聖パトリックの日〟に近づくたびに、マロイは、ずっと昔ブルックリンのわが家の近くにやってきた見知らぬ男のことを思いだす。

そのときマロイは十二歳で、学校から帰ると七番街と十一丁目の角にあったラウストン食料品店で働いていた。父が死んでから、ちょうど一年たっていた。マロイにとっては、初めての勤めだった。そして、冬も終りに近いある午後のこと、店の地下室でスープの箱を下ろしていた彼が、ふと顔をあげると、その男が目に入ったのである。

男はきびきびした、弾むような歩調で、通りの向かい側をあるいていた。キャメルのコートの襟を立てて顎をうずめ、パール・グレイのふちの広い帽子を目深にかぶっていた。よく磨かれた、先のとがった靴が、ズボンの裾からのぞいていた。手にはジム通いのボクサーが持つ類の革の小さなバッグをさげており、建物の番地を一つ一つたしかめていた。きっと、意中の住所を捜していたのだろう。

そのうち、〈ラティガンズ〉をすぎて三軒目あたりで立ちどまると、バーンズリー暖房器具店と雑貨屋の間の小路に入り、それっきりでてこなかった。

その晩勤めからもどってきた母に、ボビー・マロイは、いつか〈ミネルヴァ劇場〉で観た映画の中の不気味なギャングもどきの格好をしたその男のことを話した。母親は、砂糖をたっぷり入れた熱い紅茶をすすりながら、お父さんが生きていればその人の正体もすぐに探りだしてくれるのにね、と言った。でも、それはもう不可能なんだから、その人が自分から正体を明かすまで待つしかないわ。

「その男の人はね、あの小路に入ってったきり、でてこなかったんだ」ボビーは言った。「あの男の人、どこにいったんだろう?」

「あのビルの二階のお婆さんね、あのケイト・フラナガンさんはまだ部屋を貸しているようよ」母親は言った。「その人はきっと、あのフラナガンさんの部屋のどれかを借りたんじゃないかしら。たぶん、こんど新しく工場に雇われた人じゃないかな」

だが、その次の日になっても、男はビルから姿を現わさなかった。その次の次の日になっても、やはり同じだった。男は、工場に新規に雇われた人ではなかったのだ。あの服装からいっても、それはそうだっただろう。夜になると、ボビー・マロイは通りの向かい側のビルの、ケイト・フラナガンが部屋を貸している三階のあたりに目を走らせ、ブラインドのおりている窓をじっと見つめた。男はちらとも姿を見せなかった。

それから八日後のことだった。ボビー・マロイが窓を洗っていると、向かい側の窓のブラインドがあがった。あの男がすわっていた。黒いシャツを着て、袖口のボタンをきちんとはめていた。顎のひげの剃り跡が青々としていた。窓ぎわから少し離れてすわっているので、往来の人間の目には入らなかっただろう。夕暮れになると、男はまたブラインドを下ろした。

数日後、ボビーは桃のケースを店の地下室から上に運んでいた。そして階段をのぼりきったとき、あの男がカウンターに立っていた。ボビーはちぢみあがった。男は少年の視線を感じたらしく、さっとふり返ると、射るように鋭い青い目で彼を見つめた。おどおどと笑いかける少年に、男はうなずいてみせ、買い物の包みを抱えて出ていった。それから数週間というもの、ふとした折りにボビーが向かい側のビルを見あげると、男はたいてい窓ぎわにすわって、キャメルをふかしながら新聞を読んでいた。彼はラジオを持っていた。ある午後、ボビーが男の窓の下を通ると、ドジャーズの試合を実況放送しているレッド・バーバーの声が聞えた。男はそうやって日々すごしていた。何かを待っていたのかもしれない。ただ、ボビーの働いている店には、あれっきり二度と立ち寄らなかった。

ある生暖かい金曜の夜のこと、ボビーは帰りが遅くなる母親を出迎えようと、表の通りにでてぶらぶらしていた。そのパッカードに最初に気づいたのは、近くのガラス屋の前の階段にすわっていたときだった。細長い、黒いボディーが、ピカピカに輝いていた。中には二人の男がのっていた。ボビーの目の前をゆっくりと走ってゆき、十二丁目に折れて消えた。数分後、十一丁目から出てきたパッカードは、またゆっくりと慎重に通りを流していった。そのパッカードが三度目に現われて十二丁目の角を曲がったとき、ボビー・マロイは通りを駆けわたって、あの男が住んでいる建物に飛びこんでいった。心臓が早鐘を打っていた。

ボビーはドンドンと男の部屋のドアを叩いた。答がない。もう一度叩くと、だれかがベッドで起きあがる気配がした。

「おじさん」ボビーは言った。「ぼくだよ、向かいの食料品店で働いている。あの、話があるんだけど」

内側から錠にさしこまれたキーが、ゆっくりと回った。と思うと、むしりとられるようにドアがさっとあいた。ボビーはびっくりして後ろに飛びすさった。男はパンツ一枚の姿で、拳銃をかまえて立っていた。

「おいおい」ふうっと息を吐きだして、男は言った。「おまえの頭を吹っ飛ばしちまうところだったぞ、坊主」

「ごめんなさい」ボビー・マロイはじっと拳銃を見つめた。古びたニッケルのような色をしていた。「でも、どうしてもおじさんに知らせたかったんだ。あのね、さっきから黒い大型車が、パッカードだと思うけど、このブロックを三回もまわってるんだよ。中には二人の男の人が乗ってたけど」

男はブラインドを下ろした窓を一瞥し、目を細くすぼめてボビー・マロイを見たきり何も言わなかった。

「あの連中、おじさんを捜してるの？」

「いや」

男は戸棚の前に歩みより、一ドルを手にしてもどってきた。「ありがとうよ、坊主。でも、いいか、おまえはここでは何も見なかったんだ。いいな？」

「うん」

「ようし。じゃあ家に帰って、学校の宿題でもやりな」

マロイは家に帰った。

それから二日たって、〝聖パトリックの日〟がやってきた。その間、例の男も、パッカードの姿も、ボビーの目には留まらなかった。〝聖パトリックの日〟の当日、ボビーは学校の仲間たちと行進した。華やかなバンドの音楽とドラムの音が、天まで届けとばかり五番街のビルの谷間に響きわたった。ボビーが行進から帰ってくると、〈ラティガンズ〉のドアが春の大気を誘いこむように大きくあけ放たれていた。中から古い歌をがなっている男たちの声が流れてきた。父が生前よくうたっていた歌だった。ボビー・マロイは家から好きな本をとりだしてきて、街灯の下にすわった。いつしか周囲は冷えこんでいた。酒場の扉もしまっていた。少年はあの男の部屋を見あげた。やはりブラインドがおりていた。

もう少しで九時になろうというとき、三ブロック先の地下鉄の階段をのぼってくる母親の姿が見えた。二人の男にはさまれていて、歩き方が変だった。迎えにいこうとして歩きかけると、男たちの一人が母を突きとばした。

彼女はよろよろとパン屋の窓に倒れかかり、その男に向かってハンドバッグをふりまわした。と、もう一人の男がまた彼女を小突いた。ボビー・マロイは、本をその場に放り捨てて、駆けだした。無我夢中で最初の男につかみかかった。そいつはボビーたちと同じアイルランド系らしい赤ら顔の大男で、粗末な衣服にすえたような臭いがしみついていた。

「きちゃだめ、ロバート、あっちにいってて……」母が言った。が、男は少年を理髪店のドアに叩きつけた。ボビーは壊れた玩具(おもちゃ)のようにあっけなく倒れた。

「この、いけすかねえアイリッシュのアマめ」二番目の男が言った。それから二人は、またボビーの母親を小突きはじめた。起きあがろうとする少年の耳に、一ブロック先の、シャッターを下ろした〈ラティガンズ〉のドアの陰で奏されているアイルランド音楽のくぐもった響きが聞えた。母親は、喉のつまったような、少しろれつのまわらない声で言った。「あたしは、そんな約束をした覚えなんか、ないわ……」

ようやく立ちあがったボビーを、また最初の男が殴り倒した。あとになってボビーはそのときのことを思いだしたのだが、殴られた瞬間、痛みは何も感じなかった。ただ歩道がぐうんとせりあがってきて、顔にぶつかったという感じだった。

次の瞬間、だれかがつむじ風のように駆けつけてきたと思うと、男たちと激しく揉みあい、蹴りあう気配がした。ボビーは顔をあげた。あの、向かい側のビルに住みついた男だった。

彼は二人目の男の顔にパンチを見舞い、襟がみをつかんでぐるっと回転させると、激しい肘打ちを顎にくらわした。ごきっと何かがつぶれる音がして、そいつは転倒した。すると、そいつの相棒が、大きく右手をふりあげて男の顔を殴りつけた。その一撃をくらったあとの男の反撃ぶりは、ボビーが生れて初めて見るくらいすさまじかった。彼はまず、例のキャメルのコートをさっと脱ぎ捨て、顎をぐっとひいて大柄な相手に近よると、そいつの下腹部のあたりにパンチの連打をぶちこんだ。相手は苦しそうに咳こみながら、彼につかみかかろうとする。が、彼は素早くあとずさると、そいつの腎臓のあたりに猛烈なフックをくらわせ、たまらずくずおれそうになる相手の顎を、こんどは右のアッパーで突きあげた。

それからそいつを壁に押しやると、倒れないように左手で押えておいて、何度も何度も右のパンチを浴びせつづけた。

「やめて！」ボビーの母親が叫んだ。「もうそのぐらいにしてください、お願い！」

彼が手を離すと、相手の大男はずるずると壁伝いにくずれ落ち、その場にすわりこんで前に倒れ伏した。顔はすでに血みどろだった。

「この、豚野郎め」男は言って上着の埃をはたき、地面に倒れた二人の男をちらっと見やってから、キャメルのコートのそばに歩みよって、拾いあげた。〈ラティガンズ〉のドアがひらいて、何人かの男が外に現われた。

「パレードにいってたら、話しかけられたんです」しわがれた声で、ボビーの母親が言った。

「あの人たち……家まで送ってやると言ってくれたものですから。わたしはただ、お酒を飲んで別れるつもりだったのに、あの人たち、それ以上のことを要求しはじめて……」

キャメルのコートを着た男は、ちらっと彼女の顔に目を走らせた。

「あの、せめてお礼にお酒を一杯ご馳走させていただけません？」彼女は言った。

「わたしたちアイルランド人のお祭り、〝聖パトリックの日〟を祝って？」

「いや、けっこう。おれはイタリア人なものでね」

男はボビー・マロイに向かって微笑し、かすかにうなずいてみせると、あのパッカードの姿でも捜すように往来を見まわしながら、急ぎ足で遠ざかっていった。やがてその姿は、地下鉄の階段の入口に呑みこまれた。あの人にはもう二度と会えないだろう、という気が、ボビー・マロイはした。そして、その通りになった。

22

日曜の朝、目がさめると同時にハンロンはブラインドの隙間から外をのぞいた。まだ雪がふっていた。前夜のラジオの天気予報では、雪が雨に変わるということだったのに、まだ雪がふっている。道路に駐(と)まっている車の屋根は、みな白い雪に蔽(おお)われていた。窓を一インチほどあけると、タイヤ・チェインをガラガラ鳴らしながら七番街をゆくバスの苦しげなエンジン音が聞えた。電話に手をのばして、女の部屋の番号をまわした。やはり応答がない。クリスマス前からそうだった。

代理応答サーヴィスに電話したところ、カリフォーニアの映画会社の人間から二回電話があったが、彼女からは一回もかかってきてないという。ハンロンはラジオのスイッチを入れて、ＷＮＥＷ局のジョナサン・シュウォーツの声に聴き入った。ひげを剃(そ)りはじめて少したったとき、ダイナ・ワシントンのうたう『ジャスト・フレンズ』が流れてきた。それを耳にすると、またベッドにもぐりこんで永遠に眠りつづけたい、という気になった。

〝ただのお友だちよ〟と、ダイナはうたう。〝あたしたち、もう恋人じゃないの、ただのお友だちなのよ、むかしとちがって……〟もしかすると彼女は眠っていたのかもしれない、さもなきゃ電話のコードをはずして新聞をとりにいってたのかもしれない……そう思い直して、ハンロンはまた電話をかけた。呼びだし音が六度鳴るのを数えたとき、彼は電話を切って、こんどはこの私にかけてきた。

「朝食をつき合ってくれ」だしぬけに吐いた言葉がそれだった。「〈ピュアリティー〉で」

「きょうはコラムを一つ書かなきゃならんのさ、ハンロン。だから――」

「三十分後にあの店で待ってるから。もう死にたい気分なんだよ、いま」

ハンロンは服を着て、代理応答サーヴィスに電話した。彼女から連絡があったら〈ピュアリティー・ダイナー〉に電話するように言ってくれと頼んで番号をつげ、雪の中に出ていった。私がいってみると、彼は壁ぎわの仕切り席にすわっていた。

「彼女がどうしても電話にでてくれないんだ」虚ろな顔で、ハンロンは言った。

「彼女というと？」

「いま、愛している女だよ。ほら、スタンリー・タレンタインの舞台を見た晩、〈ヴィレッジ・ゲイト〉であんたにも引き合わしただろう。笑顔のとびきり素晴らしい、黒髪の娘だよ。PR関係の仕事をしている」

「ああ、あの小娘か」

「でも、それほど若くはないんだ、彼女は」弱々しい口調で、ハンロンは言った。やってきたウェイトレスに、二人とも卵とコーヒーを注文した。「そりゃ、まだ二十六ではあるがね」どうしても、女の年齢にこだわりたいらしい。「でも、精神年齢はそれ以上なんだ。わかるだろう？　大人なんだよ……ぼくの知らない色んなことを知ってるしね」

「たとえば？」私は訊き返した。「〝キッス〟のメンバー全員の名前とか、そんなことか？　それがなんだというんだ、ハンロン？　あんたは四十一歳なんだぞ。じゃ、彼女は、サンディー・エイモロスとは何者だったか、知ってるか？　オージー・ギャランを覚えているか？　ロイ・キャンパネラの前のキャッチャーがだれだったか、知ってるか？　一九四八年に、メイナード・デヴィットがモントリオールで盗塁をいくつ記録したか知ってるか？　いったい彼女はなにを知ってるんだ、ハンロン？」

「だから、色んなことを知ってるのさ」

ウェイトレスが卵とコーヒーを運んできた。ハンロンはむっつりとそれを見やった。

「なるほど、あんたをノイローゼにさせちまう術は知ってるようだな、彼女は。いったいあんた、その女神とはどこで知り合ったんだい？」

「それが、なんとも洒落た出会いでね」彼は言った。「ブルーミングデイル百貨店の婦人用セーター売り場で知り合ったのさ。娘にセーターを買ってやろうと思って探していると、彼女が目についたんだ。ちょっと手伝ってほしいと言って、娘の体つきを説明すると、ぴったりのサイズを選んでくれた。で、アイス・ホット・チョコレートでもいかが、と誘うと、いいわ、というので、一ブロックほど歩いて〈セレンディピティー〉にいったのさ」

「あの店に入ると、おれはいつもランプに頭をぶつけてしまう」私は言った。「うん、それで、どうなったんだ？」

「まあ、色々と話が弾(はず)んでいったわけさ。彼女は〝青いニキビ〟とかなんとかいうパンク・ロックのグループのマネージをしているという。で、一度連中の音楽を聞きにこないか、というんだ。もちろん、断わる理由はあるまい？　さっそく観にいったよ。これが、ひどいのなんのって。最近よくいるだろう、田舎の兄(あん)ちゃん連が都会のタフ・ガイを気どって、二つの和音しか弾(ひ)けないくせに、やたらやかましくギターをかき鳴らす——あれだよ。最低だな、とぼくは思った通りのことを言ってやった。彼女もそう思う、と言う。で、〈ヴィレッジ・ゲイト〉に連れていって、タレンタインの演奏を聞かせてやったのさ。こういう音楽を聞いたのは初めてだ、と言ってたね、彼女は」

「それはあくまでも、彼女がそう言った、というだけなんだろう」

「ああ」

それから週に二、三回、ハンロンは彼女と会うようになった。彼女の仕事の関係で、会うのは映画を観にいくには遅い時間だったが、音楽を聴きにいく余裕ならあった。で、二人は色々なミュージシャンの演奏を聴きにいった。〈ヴィレッジ・ゲイト〉ではディジー・ギレスピー、〈ヴァンガード〉ではマックス・ローチ、〈カーネギー・ホール〉ではデクスター・ゴードン、〈カーネギー・タヴァン〉ではエリス・ラーキンズ、そして、〈ブラッドリーズ〉ではジミー・ロウルズ。彼はジョン・チーヴァーの作品集を買って彼女に贈った。ブルックリン・ブリッジの下の〈リヴァー・キャフェ〉に連れていって、食事をともにした。ある週末にはレンタカーを借りて、シープスヘッド・ベイやコニー・アイランドを見せてやったこともあった。

「とても喜んでたよ、彼女は。クリーヴランド出身なんで、いわば別世界を案内されてるようなものだったのさ。わかるだろう?」

「つまり、あんたは観光ガイドの役をつとめていたわけか?」私は訊いた。「それとも、考古学者の役かな?」

「その両方だな」

ハンロンは明らかに、スタンダールのつとに述べた諸段階を経ていたのである——

讃美、喜び、希望、そして、〝ことあるごとに、愛する者のなかに新たな完璧性を見出すあの精神過程……すなわち、結晶作用〟その結果は、愛、だ。私はそのことを彼に言った。

「ああ、まさにその通りだった」ハンロンは言った。「で、ぼくはじきに、色んな不安につきまとわれることになった、ってわけさ。彼女と知り合った当座は、そんな不安などこれっぽっちも頭に浮かばなかった。ところが、彼女を愛しはじめたとたん、色んな心配につきまとわれるようになったんだ。まず、自分が年をとりすぎていることが心配になった。別れた妻に離婚手当を毎月送っているんで、あまり経済的余裕がないことも心配になった。彼女はぼくのことを身の程知らずの大馬鹿者と思っているのではないかと、心配になった」

「スタンダールはそういう心理状態を、恋愛の第六段階、すなわち〝疑心暗鬼〟の状態と呼んでるね」私は言った。卵料理を食べ終えたわれわれのところに、ウェイトレスがコーヒーのお代わりを運んできた。雪がとうとう雨に変わっていた。店内は客でたてこみはじめていた。「あんたは要するに、その段階を忠実に踏んでいったわけだ」

「クリスマスが、ぼくにとっては決定的だった」ハンロンは言った。「彼女を同伴していきたいパーティーがいくつかあった。しかし、彼女は仕事の都合上いけないと言うんだ。ある晩、ぼくはとうとう彼女をつかまえて、クリスマス・プレゼントをわたした。ありがとう、と彼女は言ったけれども、ちょっと困った表情を見せたね。彼女のほうでは、なんのプレゼントも用意していなかったからさ。そんなことなど、ぼくはどうでもよかった。彼女がぼくを愛してくれれば、それでよかったんだ」

その晩、二人は一番街の〈ビリーズ〉に食事にいった。そしてコーヒーになる頃には、ハンロンは彼女に求婚していたのだという。

「彼女はとても優しかったよ。ぼくの手を握って、頰にキスしてくれた。とても光栄だ、と言ってね。だが、肝心の返辞はしてくれなかった。その晩帰宅する途中、ぼくはとんでもないヘマをやらかしたことを覚った。もっと冷静になるべきだったんだ。あんなことは口にだすべきじゃなかったのさ」彼はブラック・コーヒーをかきまわした。「その晩からなんだ、いくら電話をしてもでてくれなくなったのは」

「忘れるんだな、ハンロン」私は言った。「きっと彼女はこわくなったんだろう。だいたいあんたのことは、古びて穴のあいたスーツケースぐらいにしか思ってなかったんだろうさ。事実、そんなようなもんだからな、あんたもおれも。現実を直視することだ。といって、あまりくさったりはしなさんなよ。街には何千人て女がいるんだから」

「ぼくの欲しいのは、彼女だけだ」

「だから、もうきっぱり忘れてしまえ、というのさ。彼女はたぶん、トロンボーン奏者かなにかと駆け落ちしたんだろう。尼さんになったのかもしれんしさ」

「きみに電話してよかったよ」彼は言った。「きみならいつものように、繊細な思いやりと機転に満ちた態度で、話を聞いてくれるだろうと思ったんだ」

「ああ、いつでも喜んで力になるぜ」

そのとき、ウェイトレスがハンロンの名前を呼びながら通路をやってきた。ハンロンは頬をヒクつかせながら立ちあがり、ウェイトレスのあとについていった。もどってくるまでには一分もかからなかっただろう。その顔たるや、日の出のように明るかった。

「彼女からだった。アルバに休養にいっていて、いま帰ってきたんだそうだ。ぼくに会いたいとさ。すぐにな。きょうだ。この午後にだぞ」そそくさとコートを着て、

「それじゃあな、また」

「おい、ここの勘定はどうするんだ?」

「ぼくのほうにつけといてくれよ」言い放つなり、ハンロンは雨の中に踏みだしていった。私はもう一杯コーヒーをお代わりしてから電話に歩みより、知合いの女の番号をまわした。呼びだし音が六回鳴るまで待ったが、彼女は留守のようだった。

23

一九四九年の春、初めて〈コパ・カバーナ〉に姿を現わした日から、彼女は〝ビッグ・レッド〟と呼ばれた。十九歳だった。しみ一つないピンクの肌、胸からのびているような脚、そして、大の男たちがつい見とれて電柱にぶつかってしまうような、見事な赤毛の主だった。その最初の日、彼女に会った経営者のジュールス・ポデルは、小指でテーブルを叩き鳴らしもしなければ暗い客席からわめきもせず、正式なオーディションを申しわたしもしなかった。あの髪と脚と肌をひと目見て、即座に彼女を雇うことにしたのである。

それから一年間というもの、〝ビッグ・レッド〟はニューヨークの誇りの一つだった。どのウェイターからも愛されたし、皿洗いたちも、彼女を見かけるときまって丁寧にお辞儀をして挨拶した。あのフランク・コステロも、店にくると必ず彼女を〝ミス・レッド〟と呼んだ。

彼女がだれからも好かれた理由は、その愛すべき粗忽さにもあった。〝ビッグ・レッド〟は自分の顎より高く脚を蹴りあげることはできても、ダンスはあまり上手ではなかった。声は往来を飛び交う雀のようにかすれていたし、演技教室にも通わなかった。ハリウッドという太陽系の星の一つになろうという野望など、毛頭抱いていなかった。彼女はただ大柄な愛すべき女であり、ドアといわずウェイターといわず他のダンサーたちといわず、しょっちゅうぶつかってはその美貌と気立ての良さの故に許してもらっていた。

気に入らない者に向かっては耳がつぶれるほどの大声で怒鳴りつけるポデルも、彼女に向かって声を張りあげたことは一度もなかった。その筋のお哥いさんたちも彼女を守ってくれた。デトロイトあたりからきた組織の人間が、客席最後部の、〝ビルマ・ロード〟と呼ばれている薄暗い煉獄のような席に彼女を引きずりこもうとすると、きまって、やめろ、と強い言葉で忠告されるのだった。〝ビッグ・レッド〟は、特別だった。〝ビッグ・レッド〟は修道院で尼さんたちの教える中学に通っていた。〝ビッグ・レッド〟は愛すべき女だった。

「たまらんな、あの赤毛は」ある晩、下着のバイヤーが叫んだ。「一発ぶちこんでやりたいよ」

「もう一度あの赤毛のレイディについて、そういう口をきいてみな」エレガントなシヤークスキンのスーツに身を包んだ男が近よってきて言った。「二度とこの先ものが言えねえようにしてやるぜ」

たいていの問題は、そういう素敵な言葉が二こと三こと吐かれるだけで解決したが、なかには東六十丁目のコンクリートの舗道に放りだされて初めて自分の非を認めた客も——カリブ海の独裁者の小太りの息子を含めて何人かいた、という噂もあった。

そこへある日、サルが現われた。サルはベンスンハースト生れで、身の丈五フィート四インチ足らず、当時二十一歳だった。素敵なミニチュアの絵のように、目鼻立ちのはっきりした、整った容貌をしていた。歌手になるのが、望みだった。といっても、単なる歌手ではない。フランク・シナトラになりたかったのだ。

ある日のことオーディションにやってきたサルは、ピアノの隣りに立って右手にタバコを持ち、左手で借り物のタキシードの蝶ネクタイをゆるめた。彼は、『ジス・ラヴ・オヴ・マイン』、『アイル・ネヴァー・ビー・ザ・セイム』、『ジャスト・ワンノヴ・ゾウズ・シングズ』、それに『ナンシー、ウィズ・ザ・ラーフィング・フェイス』を歌った。その声はフランクのように甘く、肩を揺する仕草もフランクそっくりだった。高音をできるだけのばし、苦しくなると低音に切り替えて自己流に節まわしをアレンジするところもフランクに似ていた。じっさい、何から何までフランクそっくりだった。

しかし、その頃の〈コパ・カバーナ〉には、すでにフランク・シナトラが一人いたのである。それも、本物のフランク・シナトラが。二人目の、しかも、郵便ポストとどちらが背が高いか、という程度のシナトラなど、クラブは必要としていなかったのだ。で、経営者のジュールス・ポデルは、あと六インチ身長をのばし、自分にしか歌えない歌い方を身につけろ、とサルに言った。その間に、〝ザ・テッド・マック・アマチュア・アワー〟に応募してみるのもよかろうし、ブルックリンの〈RKOプロスペクト〉にいけば採用してもらえるかもしれない、とも言った。サルは完全に打ちのめされてしまった。

ひんやりとした暗いクラブから暖かい午後の大気の中にとぼとぼと歩きだしたとき、ちょうど〝ビッグ・レッド〟がリハーサルにやってきた。彼女はどしんとサルにぶつかってしまい、サルは危うく倒れそうになった。そのとき彼女は、サルの頰を伝っている涙に気がついた。

「まあ可哀そうに、おチビちゃん」〝ビッグ・レッド〟は言った。「せっかくのタキシードがビショ濡れになっちゃうわよ」

それがきっかけだった。彼女はサルの体に長い腕をからめて抱きしめ、サルは彼女の豊かな胸にもたれかかった。サルの頭を撫でながら彼女は、大丈夫よ、と慰めた——心配しなくていいわ、サル、何もかもうまくいくから。しばらくの間は、その通りになった。三日後、サルはチェルシーの〝ビッグ・レッド〟の部屋に移り住み、彼女の勤めがない日には二人で色々なところにでかけた。彼女には〈コパ〉で稼ぐ金があり、サルには夢があった。

だが、それから数ヵ月もすると、サルは平気ではいられなくなった。男の誇りというやつに、さいなまれはじめたのだ。フランク・シナトラだったら、色々な勘定を女に払わせたりするだろうか？　フランク・シナトラだったら、自分の恋人が毎夜半裸で飲んだくれどもの前に立つのを黙って見ているだろうか？　ある日のお昼頃、〝ビッグ・レッド〟が目をさますと、サルがキッチンの窓から裏庭をながめていた。その体は、笑いを抑えられないかのように震えていた。彼女はにっこりと笑い、抜き足差し足で忍びよると、うしろから抱きついて首にキスした。そして、彼が泣いていることに気づいたのだった。

胸にたまっていた思いを、サルは一気に吐きだした。傷ついた誇り、寄生虫のような後ろめたさ、そして自立への強い欲求。おれはラス・ヴェガスにいきたいんだ、と彼は〝ビッグ・レッド〟に打ち明けた。ヴェガスにはバグシー・シーゲルの手で〈フラミンゴ・ホテル〉が建てられたし、他にも新しいカジノ・ホテルが続々と店びらきしている。あそこにいけば、絶対に歌手として一人立ちできるだろうし、ひと花咲かせる自信がある。西に向かう旅費と車を買う金がありさえすれば、その夢は実現できるのだ、と彼は語った。その金にしたって、十四番街と八十六丁目の角に住む叔父から借りられるから、きみも一緒にヴェガスにきてくれないか、とも言った。で、〝ビッグ・レッド〟はクラブに退職届けをだした。ジュールス・ポデルがいまにも泣きだしそうな顔を人に見せたのは、それが初めてだった。彼は、〝モナ・リザ〟を盗まれたばかりの美術館の館長のような顔をしてすわっていた。その土曜日の夜、最後のショウが終ったあとで、常連の客が全員集まって〝ビッグ・レッド〟のためのお別れパーティーを催した。その筋の連中も出席して、悲しみに顔をくもらせていた。彼らは〝ビッグ・レッド〟に、ヴェガスで色々と顔のきく連中の電話番号を教えてくれた。ばかりか、ネックレスやスーツケース、それに大きなケーキまで贈ってくれた。ところが、山ほどもあるプレゼントを抱えて、彼女が約束の場所にいってみると、サルは現われなかった。サルはそのときブルックリンの警察の取調べ室にいたのである。二人の殺人課の刑事が彼を殺人罪で起訴するための調書をタイプで打っていた。その晩サルはヴェガス行きの旅費を稼ごうとして、借り物の拳銃を手にある酒場に押し入ったのだ。その結果、格闘になり、サルは引金を引いてバーテンが死んだ。サルはアッティカ刑務所に収監されることとなった。

数日後、〈コパ〉の常連客の一人が〝ビッグ・レッド〟に電話をかけてきた。その筋の連中の一人だった。サルは長期の刑をくらうことになるだろう、と言ったあとで、その客は彼女に、〈コパ〉にもどってこないか、と勧めた。彼女は、いやだ、と答えた――あそこにいたらサルを思いだすだけでしょう、だからよ。するとその客は、アイドルワイルド空港に彼女のためのヴェガス行きの航空券が預けてあるし、ヴェガスに到着したらすぐ仕事につけるような手配もすませてある、と告げた。彼女は二日間泣き暮らしてから、西に向かった。それっきり、サルからは一言の便りもなかった。

彼女は〈デューンズ〉で働き、〝リド・ド・パリ〟ショウに二、三年出演した。オクラホマの石油業者と結婚して、別れた。再婚した相手の美容院の経営者は、のちに自動車の事故で死んだ。三人の子供たちは健やかに育ち、学校にゆき、結婚して家を出ていった。彼女はサンタ・モニカに引っ越した。太平洋から二ブロック離れた小さな家に住み、庭の草木の手入れをし、テレビを観てすごした。しょっちゅう電話で子供たちと話をし、教会のミサにもでかけるようになった。きれいな体の線を保ちたくて、毎日一時間は海で泳いだ。

ある朝海岸から帰ってくると、電話が鳴っていた。交換手が彼女の名前を訊き、ニューヨークから指名電話がかかっているという。

「ええ、あたしだわ。つないでちょうだい、交換手さん」

「もうさっきからお待ちかねなんです」金属的な声で、交換手は言った。

「あら、そう、ありがとう、交換手さん、どうもお世話さま」

聞き覚えのある声が、耳を打った。

「おれだよ、サルだ」と、その声は言った。「やっと出してもらえてね」

驚きのあまり、彼女はさっと半回転し、テーブルにぶつかってトースターを床に落っことした。

「サル？　本当にあなたなの、サル？」

「ああ。三日かかって、やっときみの電話番号を探し当てたんだ。あらゆるところに電話してみたよ。ヴェガス。テキサス。そう言えば、ジュールス・ポデルは死んだんだね？」

「ええ、そうなのよ、サル」

「おれもなんだか淋しいよ。知らなかった。ニューヨークは変わったな」

「ええ、ほんと。ジュールスは気の毒なことしたわ」

「あのゥ、一つ訊きたいことがあるんだがな」

「なあに、サル？」

「いま、旦那持ちかい？」

「いいえ」

ふうっと洩らした安堵の吐息が、彼女の耳にも伝わった。「おれ、そっちにいきたいんだな」彼は言った。「そっちで仕事を見つけて、やり直したいんだ」

長い沈黙のあとで、彼女は声をふるわせて言った。「あたし、あの頃とは見分けがつかないくらい老けちゃったわよ」

「おれだってそうさ」サルの声は、歌手志望の頃の低音域に落ちた。

「あたし、成人した子供が三人いるの。それから、毎日庭の手入れなんかしているし、教会にも通っているのよ。すっかり退屈な人間になっちゃったわ」

「おれだってそうさ」

「あの、それでいつ、あの、こっちにはでてくるつもり?」

「今夜だよ」

「今夜?」彼女はまた半回転し、電話線に足をとられて床のトースターに手を突いた。椅子(いす)がガタンとひっくり返った。「あたし、あの、どうしよう、夢みたいで……それで飛行機の便は?」

サルが教えた便名を、彼女は電話の横の壁に書きなぐった。

「迎えにいくわ。ゲートで待ってる。あたし、あの、黒いスラックスに白いブラウスを着ていくから。ゲートにいるわ、サル。待ってるわ。あたし、大柄だから、すぐわかるわね? それに赤毛だし」

受話器を置くと、彼女はしばし茫然(ぼうぜん)と立ち尽くしていた。それからさっと、自分の顎よりも高く足を蹴りあげた。

24

冬の間中、レヴィンスキーは雪を待っていた。夜にはバンク・ストリートの部屋でサンドラと並んで横たわり、窓ごしに紫色の空を見あげて星を呪(のろ)った。風と雪の訪れを、それだけをひたすら願った。けれども、その冬は絶えて雪が降らず、彼は隣に横たわっている長身のフロリダ生れの娘に、そう、信じられないことに、自分を愛する道を選んでくれたその娘に、雪の説明を試みるのだった。

「最高の雪は、一九四七年に降ったやつだったな。二日間降りつづけて、裏庭一面が真っ白になった。屋根までつもったくらいで、ドアもあけられなかったほどさ。交通はストップし、トロリーも運転を中止するし――」

「トロリーって？」

「だから、ほら、屋根に電線と接する棒のようなものがついた、電気で走る長い車輛だよ。ちょうど電車みたいな形をしていて……ううん、説明が難しいな、トロリーというやつは」

雪景色にしてもそうだった。雪の帽子をかぶった煙突。白い毛布の上を横ぎる猫。交通が全面ストップして、森閑と静まり返ったブルックリン。そして、踏みしめるとキュッキュッと鳴る雪。あの一九四七年にはどこもかしこも山のような雪で埋まり、子供たちはその白い心臓部までトンネルを掘ってはエスキモーのようにはしゃいだものだったっけ。しかし、サンドラには、黄金色の肌をしたフロリダ生れの娘には、とてもあの光景の素晴らしさを理解させることはできない。いや、あの光景ばかりか、リヴォニア通りの風情だって理解させることはできない。

「いいのよ、そんなことどうでも」彼が自分のことや、自分の過去のことをつっかえつっかえ説明しようとすると、サンドラはきまってそう言うのだった。それがレヴィンスキーにとっては、無性に嬉しかった。彼女はこのおれを愛してくれている！　信じられない！　それ以外のことはどうでもよかった。じっさい、それまでのレヴィンスキーの人生のどんなにみじめだったことか。思いを寄せた女が自分より背の低かったことが一度だってなかったレヴィンスキー。胸にあふれる愛を注ぎこむ女が一人もいないままに三十代を迎えたレヴィンスキー。ありあまるエネルギーをシャツ販売業に傾注し、従業員たちと親しくつき合いながらも夕食はたいてい一人で食べ、テレビの深夜映画の熱心なファンとなり、街娼たちを抱く気にも、もはやなれなくなったレヴィンスキー。

そんな彼の人生の中に、ある日ふらっとサンドラがまぎれこんできたのだった。彼女は、レヴィンスキーの求めに応じてモデル斡旋業者が送ってよこしたモデルだった。仕事が終ると、おなかがすいているので夕食をご馳走してくれないか、と言い、その晩部屋までついてきて、そのまま居ついてしまった。拍子抜けするほどあっけなかった。ヴィレッジの彼の部屋を、サンドラはさまざまなもので満たした。花、ロング・アイランドのハンプトンズで買いこんできた巨(おお)きな真鍮製(しんちゅうせい)の植木鉢、古風な木製の胡椒(こしょう)挽き、レコード・アルバム、額入りの版画、書物、その他色々。昼間会社にいるときもレヴィンスキーの心を熱くしていたのは、その〝その他色々〟のほう、つまり、彼の日常の中にサンドラが融けこませたさまざまな女らしい彩りだった。かつては無味乾燥の代名詞だった化粧台の上に、いまでは化粧品、香水、オイル、神秘的なチューブ、お白粉(しろい)、ヘア・コンディショナー、それに各種のローションがのっていた。タンスの引出しには、ストッキングやパンティーや透き通るように薄い下着類がぎっしりとつまっていたし、クローゼットをあければ、彼の地味なスーツにまじって、色とりどりの明るいドレスがさがっていた。そのすべてが、レヴィンスキーの心を新鮮な驚きで満たしていたのである。

そしていま、二月のある日の午後、会社の窓から外を眺めた彼の目に、とうとう白く舞うものが映った。退社時刻を待ちかねたように社員のすべてに別れを告げると、彼は二十八丁目の大通りにでて、ヴィレッジの方角に歩きだした。周囲には牡丹雪が降りしきっていた。車のボンネットにつもった雪を指ですくってみて、これはつもるぞ、と彼は思った。きっと、すぐには溶けないだろう。うん、素晴らしい。これで初めてサンドラは、雪のニューヨークの美しさに接することになる。そう考えたときレヴィンスキーは、彼女と知り合ってからまだ三ヵ月しかたっていないという事実にいまさらながら思い至った。しかもつい二日前の晩、彼はサンドラに結婚を申しこんだばかりだったのである。そのときはさすがに体がふるえた。なにせ彼女は自分より十五も年下なのだし、それにユダヤ人でもないのだから。それでも彼女はにっこり笑っただけで、いやとは言わなかった。そこへこの雪である。これ以上何を望むことがあろうか。

バンク・ストリートにさしかかったときには、もうとっぷりと日が昏れていた。角を曲がりながら、路傍のビュイックのルーフから雪をすくいとってボールをつくり、家の前に着いたところで二階の窓めがけて放り投げた。そのとき、部屋の中が暗いのに気がついた。電流のように背中を走った狼狽にせかされて、レヴィンスキーは階段を駆けのぼった。

「サンドラ？」

叫びながら居間に飛びこんでみると、大きなレナード・バスキンの版画が暖炉の上から消えていた。本棚の脇の壁に彼女がかけたクエバスの絵も消えていたし、真鍮製の植木鉢と造花も消えていた。本棚にはところどころ空隙が生じており、レコードのラックも櫛の歯が欠けたように隙間があいていた。寝室に入ると、彼女のタンスがからだった。殺風景な化粧台の上に、一枚のカードがのっていた。「愛しているわ。わかって。色々とありがとう。サンドラ」

傷ついた獣のような叫びが、耳に響くより先に、体の中から湧きあがってくるのをレヴィンスキーは感じた。彼は狂ったように寝室の中を歩きまわった。引出しをあけ、化粧台の背後をのぞき、クローゼットをひらいた。彼のスーツがきちんとかかっていたが、サンドラはいなかった。スーツをかきむしるように引っぱって床に放りだし、ネクタイを壁に投げつけ、ズボンをむしりとった。すると、レインコートの陰に、一着の黄色いサマー・ドレスがひっそりと吊りさがっていた。そうっと手をのばして持ちあげた。生地を撫でているうちに、たまらなくなって胸に押しつけて抱きしめていると、自分が急にだらしなく太った醜い老人のように感じられてきた。ベッドに倒れこんで、傷つき失った悲しみを叩きつけるように泣きだした。しばらくたつと、声もかすれて出なくなった。身じろぎもせずに横たわったまま、彼は暗い夜空から落ちてくる雪をじっとながめていた。

25

キッチンで電話が鳴ったとき、居間の窓ぎわの革張りの椅子に深くもたれたラインランダーは、夕食後の心地良い倦怠感に浸りながらリッデル・ハートの第二次大戦史の本を読んでいた。葉巻の火が途中までできていた。二度目のベルの音に、彼はディエップ急襲のページから顔をあげて、雨にけむっている、黒い川向こうのクイーンズ一帯の明かりに目を走らせた。葉巻の灰を叩き落したとき、妻が受話器に近よったのに気づいた。低い声で話しているのは聞えたが、内容までは聞きとれない。受話器をフックにもどす鈍い音が聞えてすぐ、妻がかたわらに立ったのを感じた。しばらく黙って立っていた妻が、つと腕に触れた。指先が冷たかった。

「いまの、あなたの娘さんからよ」一息ついて、「マーガレットが亡くなったんですって。二十分ほど前、病院で」

「何だって」本が、指先から落ちた。ラインランダーは拾いあげようともしなかった。

「マーガレットが」

「すぐきてほしいそうよ」

「ああ、いくとも。マーガレットが――何てこった」

「わたしが車を運転しましょうか？」妻が訊いた。

「いや、大丈夫だ。一人でいってくる」

　雨のせいで、車の流れは滞りがちだった。三番街で信号待ちのために停止したとき、彼は、マーガレットとの十一年間にわたる結婚生活のあいだ、いつも大切に祝っていた誕生日をもとに年齢を数えはじめた。まだ四十七歳じゃないか――何てむごい。彼は西に向かって車を走らせ、六十六丁目でセントラル・パークの横断路に入った。雨がひときわ激しくなった。緑の木々が銀色のしぶきに打たれ、縁石沿いに小川のような流れが生じていた。はるかな昔、この公園の濡れた草の上に横たわり、ニューヨークの空を見あげたある夜の一記憶が甦った。あの晩二人は空想のなかでさまざまな家の飾りつけをし、可愛らしい子供たちを生み、人生のあらゆる勝利を夢みたものだった。息子には模型機関車のセットを、娘にはピアノを、そして自分たちにはエンサイクロペディア・ブリタニカを、そう、百科事典をプレゼントしよう。大不況期にブラウンズヴィルの横丁ですごした少年時代に手に入らなかったすべてを、手に入れよう。彼のその計画に、マーガレットは優しさを加味してくれた。慈しみと永続感に満ちた期待で彩ってくれた。その晩二人は五十七丁目まで歩き、グレイト・ノーザン・ホテルに部屋をとって、夜が明けるまで激しくも初々しい愛の営みにふけったのだった。

「おれは二十一」ラインランダーは声にだして言った。「マーガレットは十八だった」ウェストサイド・ハイウェイが閉鎖されていたので、彼はハーレムを走り抜けてニュージャージーにわたるワシントン・ブリッジに向かった。雨に濡れた路面に目を凝らしているうちに、あれから二人がたどった道筋の記憶が、破局に至ってからの関係の記憶が、甦ってきた。彼は家を出、マーガレットは彼を罰することに生きがいを見出すようになったのである。

「きみも人並みに生きてくれ」と、彼は一度マーガレットに訴えたことがあった。が、彼女は冷ややかに笑って回答を拒んだ。代わりに彼女が選んだのは大いなる拒絶の人生で、再婚はむろんのこと、別の男と同棲することすら一度もなかった。彼女は、ある種の宗教家が自己を鞭打つことに喜びを見出すように、母親としての義務と自己犠牲に喜びを見出し、彼を呪う手段として子供たちを愛したのではなかったろうか。

ラインランダーはもはや車を運転してはいなかった。車が彼を運び、橋をわたってニュージャージーのマーガレットの家に連れていこうとしているかのようだった。ニュージャージーのその道には苦痛の記憶しかない。子供たちがまだ幼かった頃、車に乗せて何時間この道を走ったことだろう。〈ハワード・ジョンスン〉で食事をさせ、ピクニック場を探し、苦渋に満ちたぎごちない口調で、お父さんがこうしておまえたちに会いにくるのは、ただおまえたちと会いたいからなんだ、ということを何とか説明しようとしたあの頃の日々。あとで子供たちをマーガレットの手に返すと、子供たちは物言わぬ家の戸口から手をふって見送ってくれるのが常だった。

彼は過去の記憶をかなぐり捨てて、現在に思いを凝らした。子供たちには、たぶん保険金がおりるだろう。彼女に代わって、自分がこれまで保険金を払ってきたのだから。彼女を埋葬する場所も、決ったところがあるはずだ。こうして自分が車を走らせているいま、彼女の遺体は葬儀社に運ばれている最中かもしれない……。

彼女の体——夏の日を浴びて黄金色に映えていたあの髪、漂白されたようにさらさらとしたあの髪が、彼女の腕にふりかかるとどんなにつやつやと輝いて見えたことか。引きしまった肌も露わに、しなやかな筋肉の躍る長い脚を交叉させて浜辺を歩く彼女を見るのが、ラインランダーは何よりも好きだった。はるかな昔のある日、これから世界のすべての大都市で愛し合おうじゃないか、使用ずみのパスポートで棚をいっぱいにして、最後はいつも家に帰ってくることにしよう、とマーガレットに話したことを、彼は思いだした。が、結局二人が持ったパスポートはただの一冊に終った。手紙やウェディング・ドレスや写真等を二心ない自分の確たる証拠として保存していた彼女は、あのパスポートもやはりとっておいたのだろうか。

気がつくと、車はマーガレットの家の前の通りにでていた。雨は止んでいた。ラインランダーは車を停めて、暗い濃密な夜の香りを吸いこんだ。マサチューセッツ・ナンバーをつけた長女の車が縁石沿いに駐まっていた。どこか遠くで犬が吠えている。二階の寝室には煌々と明かりがついていた。それをじっと見あげながら、はたしてあの部屋がその後、希望と喜びと可能性で満たされたことはあったのだろうか、とラインランダーは思った。はたして自分以外のだれかが、世界の大都市に関する甘美な嘘を一度でも彼女についてやったことがあったのだろうか。やがて車を降りると、ラインランダーは静かに通りを横切っていった――たった一度でもいい、こうなる前に、愛している、と彼女に伝える時間を持ちたかった、と思いながら。

26

あの二人の中国人が住んでいたのは、むかしわが家のあったブルックリンの一画の、角を曲がった最初の家だった。わが家は、大通りに面した共同住宅の最上階にあった。そこには裏庭がなかったので、われわれはよくキッチンの窓から、中国人の家の庭を見下ろしたものだった。彼らの庭は、横丁から直角に突きでた位置にあったのである。

その庭はジャングルも同然だった。ガレージの壁に遮られた陽光を少しでもとらえようとするかのように、雑多な木が十五フィートものびて互いにからみ合っていた。かと思うと、ハナシノブや茨（いばら）の木が奔放に枝をのばし合って空間を奪い合っていたし、三フィートもの高さに生い茂った雑草が家の壁のほうまで広がっていた。夕暮れになると、高い雑草の間からこぼれ落ちる青白い光の中で、猫の目がギラッと光っているのが見えた。けれども玄関の戸はいつもしまっていて、窓には陽光を閉めだすブラインドがきちんと下りていた。その庭に中国人がでているところは一度も見たことがなかった。

ときどき背の高いほうの中国人が、角のラウルストン食料品店にやってきた。私は当時その店で、配達係のアルバイトをしていたのである。彼の出立ちは青いサージのスーツときまっていて、いつもズボンがてかてかと光っていた。買う物も、ラッキー・ストライクとビールの一クォート壜ときまっていた。それ以外の物は決して買わず、何かの配達を頼むことも絶対になかった。

もう一人の中国人は背が低く、夏でも上着の下に灰色のセーターを着こんでいた。分厚いレンズの黒縁の眼鏡をかけており、頭はクルー・カットにしていた。アイルランド系とイタリア系が大半を占め、ユダヤ系がちらほらまじっているというあの界隈では、中国人は異邦人も同然だったと言っていい。彼らはわれわれの教会にはこなかったし、〈ラティガンズ〉で飲むこともなかった。子供もいなかったから、草野球仲間のあいだで噂になることもなかった。

じっさい、私にとってあの二人は、神秘的という形容がピッタリ当てはまる最初の人間たちだったのである。夏になると私は弟のトミーと庭代わりの屋上にのぼり、先端ぎりぎりのところに腹這いになって、彼らの庭を見下ろしたものだった。われわれにとってのオリエントとは、テリー・リーとパット・ライアンがドラゴン・レディに出会うところだった。そこはフー・マンチューの国であり、ラモント・クランストンが人間の精神をくもらせる魔力を得た場所だった。で、私と弟はマカオと上海のイメージを頭にいっぱいつめこんで横たわり、夏の昆虫の羽音を聴きながら、地下のトンネルや秘密の部屋、鉢で焚かれている香や猛毒や恐ろしい拷問のことを思い描いた。けれども、本物の中国人を目にすることは一度もなかった。

私が十二歳の年のある金曜日の晩、突然の夏嵐がブルックリンを襲った。プロスペクト・パークの樹木は薙ぎ倒され、下水は溢れかえった。十五丁目の角にあったビルの屋上の軒が吹きとばされ、駐車していた車をぺしゃんこにした。そして、わが家の物干し綱も切れてしまい、ところもあろうに、あの中国人の家の庭に洗濯物を吊るしたまま落ちてしまったのである。

雨があがると、私はあの庭に降りていって干し物をとってくるように言いつけられた。いきたくなかった。あの神秘的なジャングルの中に一人で降りていくなど真っ平だった。ところが、弟は教会の聖歌隊の一員だったから、結婚式が行なわれる土曜日はほとんど家にいなかったし、当時のわが家としては、どの衣類を失ってもたちまち困る状態にあったのだ。仕方なく、私は下の道路に降りていった。

最初は十一丁目のほうに回って、あの家の正面に立った。一、二階のどの窓にもブラインドが下りていた。ふつうに立ちまわれば簡単に用がすむことはわかっていた。ベルを鳴らして庭に入れてもらい、干し物を拾って出てくればいい。だが、私はあの家がこわかったのである。秘密の壁、地下トンネル、香に包まれた邪悪な秘密の数々——そんなものを秘めているにちがいない神秘的な部屋を通り抜けていくのが、こわかったのだ。

で、あらためて十二丁目のほうに回って、ビリー・ロシターの家の地下室から裏庭にでた。彼の家の庭は、柵一つであの中国人の家の庭と隔てられていた。ビリーの家の側には木は一本もなく、前夜の豪雨で土がぬかるんでいるだけだった。柵は濡れて光っていた。私は屑缶をひっくり返してその上にのぼり、柵をつかんでずりあがった。おずおずとのぞきこんだ向こう側は、まったくの別世界だった。空気はもっとひんやりとしていたし、もっと薄暗かった。何もかもじめじめしている感じで、雑多な木々の幹をさかんに水滴が伝い落ちて根っ子に養分を送っていた。バナナに似た葉は雨滴をいっぱいのせてきらきら光っていたし、地面は草がぼうぼうで、庭全体が暗緑色に彩られていた。そしてそこに、白と赤と青の絵具を塗りたくったかのように、わが家の洗濯物が散らばっていた。何かが腐ったような、変に甘ったるい臭いが鼻を衝いたことを覚えている。

胸いっぱいに深呼吸してから、私は向こう側に飛びおりた。粘土のようにぬかるんだ地面に着地した瞬間、雑草や藪がざわざわと鳴った。しばらくちぢこまっていてから立ちあがると、野放図にのびた雑草は腰の高さまであった。この中にはきっと蛇が這っているにちがいない、と思った。

緑の革のような葉を押し分けて洗濯物を拾い、小脇に抱え、そこで初めて中国人たちの家をながめやった。裏口が目に入った。その前には苔で蔽われた小さなポーチがあり、ドアの両側に窓があった。ブラインドの一つが六インチほどあがっていて、隙間から、私を誘惑するように黄色い電灯がのぞいていた。そのとき初めて、私は覚ったのである――この神秘的な家、オリエントの家、人間の心をくもらせる魔力を備えた人々の家の内部をのぞける機会は、いまを措いて他にないと。

家の壁にぴったり貼りつき、腰を低くかがめて、私はその窓ににじりよっていった。内部がはっきり見えた。背の高いほうの中国人はこちらに背を向けて椅子にすわり、タバコをふかしていた。小柄なほうの男は、例のセーターを着て、突き当たりの壁ぎわのぼろぼろのソファに横たわり、黙然と天井を見上げている。

そしてストーヴの前には、彼ら二人に背中を向けて、中国人の女のひとが立っていた。

まだ若いひとだった。黒髪が腰まで流れていて、息を呑むように美しかった。食料品店でも、街頭でも、一度も見かけたことがないひとだった。きっと、いつか夜のあいだにやってきて、そのまま家の中に閉じこもっていたのではなかろうか。

そのとき、ソファに寝そべっていた中国人がむっくりと起きあがり、私に気づいて目を丸くした。険しい顔で何か言うと、もう一人の中国人と女のひとも、同時にこちらに向き直った。私は一目散に柵に向かって駆けだした。からみ合った雑草に足をとられて転び、立ちあがり、もう一度転び、また立ちあがって、抱えていた洗濯物をロシターの庭に放りこんだ。背後でドアがひらき、ポーチがこすれる気味の悪い音がした。低くこもったような男の声が、早口で何かをわめいた。

私はあとをふり返らなかった。柵の横桟をつかんでずりあがり、濡れた板をかきむしるようにしててっぺんをつかもうとしたが、手がすべって転落してしまった。すぐに立ちあがってよじのぼり、柵のてっぺんをつかんで体を引きあげると、向こう側にのめりこむようにして、洗濯物が散らばっている、泥でぬかるんだロシターの庭に落っこちた。しばらくは、息を弾(はず)ませながらその場にへたりこんでいた。それから衣類をかき集めると、地下室に駆けこんで、大通りに抜けだした。

その晩、三人の中国人は姿を消してしまった。彼らが引っ越すところを見た者はだれもいなかった。けれども、日曜日の朝になると、大勢の子供たちがあの家の前庭に集まり、ブラインドの下りていない窓からガランとした部屋をのぞきこんでいた。あの中国人たちは移民局の連中を恐れていたんじゃないか、と言う者がいた。きっと〝船から逃げだした水夫〟なんだ、と大人たちの一人が言った。つまり、不法入国者という意味である。

数週間ほどして、別の一家が引っ越してきた。連中はジャングルのような木をきれいに切り倒してしまい、猫はいなくなってしまった。庭には自転車と、水遊び用のビニールのプールが置いてあり、ときどき見かける男はラジオでドジャーズの試合の中継を聴いていた。その庭を見下ろすことはめったになくなった。けれども、蒸し暑い夏の夜など、明かりがぜんぶ消えてしまうと、私はときどきベッドから起きだしてキッチンの窓に歩みより、私があの庭の神秘を剝ぎとってしまう前にあったもろもろのもの、そう、あのジャングルや、きちんと下りたブラインドや、草むらを歩きまわる猫の黄色い目やらがもう一度見えないものかと、のぞいてみることがあった。が、目に入るのは自転車と、月の光にきらめいているビニールのプールの水面だけだった。そういう晩は、ときどきあの美しい中国人の女性が夢に現われて、仄暗い部屋を歩きまわっていることがあった。こちらに向かってにっこり微笑みかけたことさえ一度あった。

27

マリガンは女が好きだった。背の高い女も好きなら、低い女も好きだった。金髪、黒髪、赤毛、それぞれに好きだった。強いて言えば雀(すずめ)のように痩(や)せ細ったタイプが好みだったが、〝一トン分の楽しみ〟という仇名(あだな)をつけた、陽気なデブの女と三ヵ月つき合ったこともあった。女の神秘はきわめつくすべくもなかったし、その愛らしさと多様性には限りがなかった。

女こそは、彼の天職だった。日中の彼の勤めはといえば、さる会社の地味で退屈な事務職だった。書類を手にとり、スタンプを押し、バスケットからバスケットへと移し替える。読まれるあてのないダイレクト・メイルを発送する。埃(ほこり)をかぶったあげく断裁機にかけられるのがオチの報告書をタイプする。そんな毎日だった。

それでもやっていけたのは、女がいればこそだった。チェンバーズ・ストリートの灰色のビルで、面白くもない長い一日をすごすあいだ、マリガンは手のこんだ情事のメニューをさまざまに思い描いていた。戦略をたて、戦術を練った。黄色い手帳には、ロマンティックな音楽が流れる仄かな照明の店の名が、ずらっと書きこんであった。マンハッタンのレストランのメニューはすべて諳んじていたし、ニュージャージーのモーテルで知らないところはなかった。フレッド・アステアのように踊り、リチャード・バートンはだしのセリフを吐く自分を、常に思い描いた。空想のヨットに女たちをのせてクルーズを楽しみ、見えない飛行機にのって遥かなる異郷の地へと飛んだ。

そして一日の仕事がやっと終ると、毎日きまってアスレティック・クラブに直行した。引き締まった腰と逞しい胸を保つために、かなり厳しい運動をこなした。週に一度、へたなスーツ代より高い料金をとられる理容室に通って、整髪した。デートの約束には決して遅れず、相手のいない晩はシングルズ・バーをまわり歩いた。数ヵ月ごとに特別な金を払って新しいダンスを覚えたが、それは彼の場合決して無駄にはならないのだった。

「もしこの世に女がいなかったら」と、彼は一度言ったことがある。「おれはさっさと修道院に入るよ」

現実の彼の部屋は、修道僧の居室とは似ても似つかなかった。キッチンの冷蔵庫に入っているのは氷とライムとウオトカくらいのものだが、ホーム・バーの棚はいつもぎっしりつまっていた。自慢のステレオ装置は『プレイボーイ』誌の写真記事を見習ったもので、本物の暖炉つきのその部屋にしてからが、四年もかけて探したのだった。ふかふかとした絨毯は爪先が沈みこむほどで、ソフトな音楽が常に流れており、照明となるとレストランのそれよりも仄暗かった。

三十五歳になったとき、マリガンはちょっとした危機を迎えた。年齢が、彼に追いついてきたのだ。ある日ふっと、七十の半分に達したことに気がついた。それからというもの、鏡に向かって髪を整えるときにも念入りに時間をかけるようになった。顎がたるまないようにするためいっそう運動に精をだし、アスレティック・クラブでの夜毎のトレーニングを三十分延長した。彼と同年輩の友人たちはすべて所帯を持っていたし、なかには高校卒業を控えた子供を持っている者までいた。だれかがそういう話をもちだすと、マリガンは浴室で存分に練習したあの気どった笑みを浮かべて、こう言うのだった。

「そう、おれは昔の仲間たちのあいだでたった一人残った独身貴族なんだよ。それでみんなから白い目で見られてね。特に連中のかみさんたちに」

四十歳になると、マリガンはあまり笑わなくなったが、といって特に人が変わったわけでもなかった。髪はたしかに薄くなった。顔にも皺が現われたけれども、〝中年のウィリアム・ホールデン〟に似てきたと思うと、かえっていい気分だった。あいかわらず大勢の女と付き合っていたが、そのほとんどは以前の相手より年がいっていたし、離婚歴のある女が多かった。

この春のある晩、〈マクスウェルズ・プラム〉にいって、酒を付き合わないか、と若い娘に誘いをかけると、相手は悲しげに笑って言った。「よしてよ、おじさん。うちのパパと同じぐらいの年して」

マリガンは、気違いを見るような目つきで彼女を見返して、独りで映画を観にいった。『遠すぎた橋』を観た。ロバート・レッドフォードの顔にも深い皺が刻まれはじめたのに気づいて、いくぶんほっとした。レッドフォードですらああなるなら、だれだってああなるのだ。それに、皺の目立ちはじめたレッドフォードも、そう悪くなかったではないか。

数日後、マリガンは、フォレスト・ヒルズの三十四歳のウェイトレスとデートする約束をとりつけた。つやつやした黒髪の、笑顔の魅力的な女性だった。やはり離婚した身で、三人の子持ちだった。その日の昼、彼はブロンクスの二十八歳のタイピストとも会っていて、彼女とは翌日の夜デートをする予定だったが、彼がいまだに〝城〟と呼んでいる自分の部屋に連れていきたいのは、やはりウェイトレスのほうだった。彼女は大柄で、万事にさばけていたし、成熟した女の色気があった。四十二丁目と五番街の角の、ニューヨーク公共図書館前の階段で待っていて、と彼女は言った。マリガンはその夜アスレティック・クラブを休んで、約束の六時に指定された場所に着いた。彼の出立ちには一分の隙もなかった。ズボンはきちんとプレスされ、歯は白く輝き、髪はさりげなく額にかかっていた（これは、あるテレビのニュース解説者が、後退しつつある髪の生えぎわを隠すためにやっている工夫をいただいたものだった）。

いつまでたってもウェイトレスは現われなかった。マリガンは一時間待った。彼女は四十二丁目側の階段と言ったのか、五番街側の階段と言ったのか、思いだそうとした。二つの階段の間を、腹立たしげに何度も往復した。髪に手をやり、貴重なものを扱うように指で梳いた。それから、図書館に入っていった。

彼が図書館に足を踏み入れたのは、高校生のとき、レポートを書くのに利用したとき以来二十五年ぶりだった。ふだんマリガンは、本が必要なときには買っていたのである。最後に買ったのはケネス・クラークの『芸術と文明』で、それはソファの隣のコーヒー・テーブルにさりげなく置いておくと効果的だったからだ。同じ内容のテレビ・シリーズを二度ほど観たことがあって、それをきっかけにすると、女たちとの会話もスムーズに運ぶのだった。

図書館は込んでいた。ほとんどが若者たちで、みな何冊もの本を抱えて歩きまわっていた。マリガンはしばらくあたりをぶらついてみたが、頭では自分をすっぽかしたウェイトレスのことばかり考えていた。そのうち、堂々たる大理石のホールを通って階段をのぼり、あっちの部屋、こっちの部屋とのぞきまわっているうちに、周囲の連中が脇目もふらずに読みふけっている本のことが気になってきた。この連中は何をそんなに熱心に読んでいるのだろう。注意してみると、ありとあらゆるジャンルにわたっていた。小説、歴史、エッセイ、美術と音楽に関する本、心理学、育児書。その数、その神秘性、魅力、そしてその多様性には限りがないようだった。

「ずらっと並んでいる本を見ているうちに、おれは死にたくなってきてね」彼は後日、私に語った。「それまでおれは、女のことしか眼中になかった。女には無限の楽しみがあると思っていた。そこへ、あの膨大な書物が目に入ったんだ。いまから読みはじめても、たとえ一生かかったって、全部を読み切れるはずはないと思った。そのとき、女もそうじゃないか、と思ったんだ。一生かかったって、この世のすべての女を征服できるわけじゃない、とね」

翌日の晩、マリガンは例のタイピストと夕食を共にした。彼女は気立てのいい女性だった。マリガンは丁重にふるまい、彼女をブロンクスの家まで送っていった。一ヵ月後、二人は結婚した。素敵な式だった。二人はブロンクスのシャトー・ペーラムで披露パーティーをひらき、バミューダにハネムーンにでかけた。このまえ私がマリガンと会ったとき、彼はコニー・アイランドにでかけるところだった。だぶだぶのズボンをはき、『トリニティー』誌を一冊小脇にかかえて、額にたれた髪を櫛(くし)で梳きあげていた。

28

十一歳の年の夏、カフィーはビリー・ボーイ・ディヴァインに心酔していた。くる日もくる日も、自宅のあるガーフィールド・プレイスの玄関ポーチにすわって彼の帰りを待ち、試合がはじまるのを楽しみにしていた。試合は必ずあった。雨の日にもあった。そして、ビリー・ボーイ・ディヴァインは、カフィーの知る限り、草野球をやらせてはピカ一の名手だったのである。それだけは、いつまでたってもカフィーには忘れられなかった。それと、ビリー・ボーイの妻が赤毛だったことと、ビリー・ボーイが永遠にガーフィールド・プレイスを去ることになった事情も。

だが、その一連のいまわしい出来事が起きたのは八月になってからで、六月には、ビリー・ボーイの暮らしにはまだ何の波風も立っていなかった。海軍工廠の艤装工場での一日の勤めが終ると、爪は油で真黒になり、下着は汗でべっとりと背中に貼りついている。ビリー・ボーイは、脇目もふらずに家に飛んで帰り、窓辺に静かにすわっている妻に手をふってみせる。すると、酒場で待っていた大人たちが、腹を小突き合ったり笑い合ったりしながら往来にでてくる。なかにはビールの入った紙コップを持って出てくる者もいたし、消火栓をあけて広場を洗い流す者もいた。それから試合が始まるのである。

ビリー・ボーイは一階の右の区画に住んでおり、カフィーは兄弟や母親と一緒に二階の左の区画に住んでいた。学校が夏休みに入ると、ビリー・ボーイはカフィーを公式のスコアラーにしてくれた。「いいか、数字を正しく書き入れるんだぞ、坊や」ビリー・ボーイは言った。「それが肝心なんだからな」

本当に肝心なのは試合そのもので、ビリー・ボーイの闘志をむきだしにしたプレイぶりが、カフィーは大好きだった。ボールを打つときのあの猛烈なスイング、風を巻いて走るあの走塁。目をらんらんと光らせ、息せき切って二塁ベースを蹴(け)りながら、外野のほうをちらっとふり返る精悍(せいかん)な表情の何と素晴らしかったことだろう。ビリー・ボーイこそは、カフィーが生れて初めて知った偉大なるスポーツマンだった。

だが、彼の赤毛の妻となると、カフィーはまともに顔を見たことは一度もなかった。〈A&P〉の食料品の袋を胸にした、買い物帰りの彼女と玄関ですれちがったことは何度もあるし、郵便箱の前でぶつかってしまったことも一度ある。が、彼女のそばに近づくときまってカフィーは、何かしら奇妙な圧迫感を覚えるのだった。で、ごくりと唾をのみこんで、なるべく彼女を見ないようにして通りすぎてしまう。彼女をまともに見るのは、何となくビリー・ボーイに対する裏切り行為のような気がしたのである。

あとで考えてみても、あのやくざが近所に最初に現われたのがいつだったのか、カフィーには思いだせなかった。気がついたときには、ピストル・ポケットのついた、股がみの短い栗色のアリ・ババ・ズボンをはき、髪の毛をべったり後ろに撫でつけたあの男を、よく見かけるようになっていた。彼は野球はしなかった。やくざはしないものなのだ。たまたま試合をしているそばを通りかかると、三、四分観戦し、ビリー・ボーイのプレイをじっと見てからすたすたといってしまう。一度カフィーは、ユニオン・ストリートの〈ピュアリティー・ダイナー〉で一人で食事をしているその男を見かけたことがあった。栗色のビュイックで大通りを流しているのを見たこともあった。ラジオをガンガン鳴らし、左腕の筋肉を屈伸させながら右手でハンドルを握っていた。口をきくところは一度も見たことがなかった。

七月のある蒸し暑い晩、寝苦しくて目をさましたカフィーが非常階段の踊り場で寝ようとして出てみると、半ブロックほど先の大通りの暗い側に、栗色のビュイックが停まっているのが目に入った。カフィーはしばらくそれを眺めていた。するとビリー・ボーイの妻がでてきて、赤毛を撫でつけながら、ビルの影伝いに足早にビュイックのほうに近よっていった。カフィーは死にたい気がした。

次の数週間、カフィーは、試合のあるときはスコアをつけ、そうでないときはビリー・ボーイ・ディヴァインの赤毛の妻を注意して見ていた。彼女はたいてい、朝、ビリー・ボーイが海軍工廠にでかけてから出ていった。夜遅く、ビリー・ボーイが寝てしまってから出ていくこともあった。カフィーは、自分までが偉大な野球選手に対する裏切りに加担しているような気がして、何度かビリー・ボーイに教えてあげようとした。けれども、いざとなるとどう言っていいのかわからないのだった。

やがて、他にも気づいた者が出はじめた。女たちがひそひそと噂し合っているのをカフィーは聞いたし、ビリー・ボーイが帰ってくるのを見て薄笑いを浮かべるさまも目にした。そのうち栗色のビュイックに乗った男は公然と姿を現わすようになり、家の前に車を停めて赤毛の女を待っていた。彼はやくざであって、やくざらしく振舞わずにいられなかったのだ。カフィーたちの住むガーフィールド・プレイスの住人たちは、とんでもない男に妻を盗まれてしまったビリー・ボーイ・ディヴァインの不運を噂し合った。彼がどうでるか、だれもが息をひそめて見守っていた。

八月のある日の午後、すっかり日焼けして砂にまみれたカフィーがコニー・アイランドから帰ってくると、家の前にパトカーが三台停まっていた。メソディスト病院の救急車も一台まじっていた。通りの向かい側では近所の女たちが寄り集まって、家のほうを眺めつつ、しきりにうなずき合いながら小声でひそひそ話し合っている。酒場の常連の男たちも、みな角に立っていた。あたりは妙に静まり返っていて、大声をだすやつもいない。

ポーチをのぼりかけたカフィーを、一人の警官が遮った。「あっちにいってな、坊や」

自分の名はカフィーで、この家の二階に住んでるんだ、嘘だと思ったらブザーの名札を見てくれ、とカフィーは言った。警官はブザーを見て、通してくれた。「真っすぐあがるんだぞ、坊や」悲しげな口調で、彼は言った。「途中でウロつかんようにな」

ビリー・ボーイの部屋の前には、私服の刑事をまじえて何人かの警官がいた。階段をあがりながら、彼らの背後のキッチンをのぞきこむと、ビリー・ボーイの姿が見えた。

ビリー・ボーイは目を大きく見ひらいて椅子にすわり、真っすぐ前方を見つめていた。背後のベッドには赤毛の妻が、下半身を床に投げだすようにして横たわっていた。緑色のドレスの裾から、壊れた白いパイプのように片足が突きだしている。喉が切り裂かれていて、ベッドは血の海だった。

カフィーは二階に駆けあがった。家にはだれもいなかった。そろそろと非常階段にでて、パトカーを遠巻きにしている近所の大人たちをながめた。栗色のビュイックを探したが、すでに事態を覚ったらしく、どこにもいなかった。しばらくすると、青白い顔でふらつきながら、ビリー・ボーイが連れだされてきた。背中にまわされた両手に、手錠がくいこんでいた。彼をのせるなり、パトカーは走り去った。カフィーは非常階段にすわって、ポロポロ涙をこぼしていた——もう二度とビリー・ボーイ・ディヴァインのためにスコアをつけてあげることはできないんだ、と思いながら。ビリー・ボーイには美しい妻がいた。その髪は赤かったけれど、あの血ほどには赤くはなかった。

29

凍てつくように寒いある土曜日の深夜、八番街の〈ジョニーズ・ラウンジ〉のカウンターで、機械工のイリザリーがとっておきの話を聞かせていた。まわりには常連中の常連の客が五、六人。ウェイトレスは、ドアがあくたびにぶるぶる震えていた。

「あるプエルト・リコ人がな、百羽のペンギンを動物園まで運んでいたんだ」イリザリーは言った。「トラックの荷台に全部つめこんでからに、もうペンギンはギュウ詰めになって、押し合いへし合いしてたわけよ、な。で、やっこさん、ニュージャージー・ターンパイクを走ってたところが、タイヤが四輪ともパンクしちまった。大将、運転席から降りたものの、すっかりバテちまって、もううんざりって気分だった。といって、百羽のペンギンを放っぽりだすわけにもいかない。どうあっても動物園まで運ばなければならんわけだ、な？　ところが、タイヤは四輪ともパンクしちまったときている」

った。

「でもよ、そのペンギンはどこから連れてきたんだい？」キューバ人のフィリーが言った。

「うるさい、黙って聞けよ。とにかく、そのプエルト・リコ人の大将が困ってあたりの草原を見わたすと、木の下にポケーッとポーランド人が突っ立ってたんだな」

「ちょっと、うちじゃポーランド人を肴にするジョークはよしてもらいたいね」マスターのジョニーが言った。「ポーランド系のお客さんが聞いたら、怒りだすから」

「へえ、ポーランド系のやつなんて、おれは一人もここじゃ見たことないぜ」キューバ人のフィリーが言った。「だれだい、その客ってのは？」

「スタンリーだよ。昼間はちょいちょい顔をだすんだ」

「よし。じゃあな、ええと、その大将があたりを見まわすと、キューバ人がポケーッと木の下に突っ立ってたんだ」イリザリーは言った。「で、プエルト・リコ人の大将はさっそく声をかけた。〝おーい、そこの兄さん、ちょっとちょっと！〟キューバ人は近づいてきた。〝あのな、あんた百ドルほど欲しくねえかい？〟大将が言うと、キューバ人は答えた、〝ああ、欲しいね〟じゃあ、ってんで、プエルト・リコ人の大将はトラックのうしろに回り、荷台をひらいて言ったんだ、〝このペンギンをな、動物園に連れてってやってくれや〟」

「おれ、やっぱり、その男はポーランド人のほうがいいと思うけどな」キューバ人のフィリーが言った。

「そのキューバ人はペンギンを見て、ああいいよ、と言う。二人は荷台から板を降ろし、ペンギンたちがおりてきた。何てったって百羽のペンギンだからな、そろいもそろって白と黒の燕尾服を着て、両手をぺったり脇にくっつけてさ、よちよちと歩きまわってるわけだ、な？　で、そのキューバ人は百ドルもらって連中の先頭に立ち、いざニューヨークへってんで、歩きだした」

「その男、ユダヤ人にしてくれねえかな」

「プエルト・リコ人の大将はモーテルを見つけてチェック・インし、やれやれとばかり寝てしまった」イリザリーはつづけた。「三時間ほどたって、大将目がさめて、タクシーを呼んでもらった」

「おい、待てよ、ニュージャージーじゃ、タクシーは呼んでもらえねえぜ。タクシーを呼べるのは、ブルックリンとブロンクスしかねえや」キューバ人のフィリーが言った。

「黙って聞けったら」イリザリーはつづけた。「で、プエルト・リコ人はタクシーでニューヨークに向かったわけだ。パンクしたトラックは置きざりにして、ニューヨークに向かった。料金所を通り、リンカーン・トンネルをくぐってハドソン川のこっち側にでると、ニューヨークだ。タクシーは市内に入り、四十二丁目を突っ走って八番街にでた。すると通りの向こう側を百羽のペンギンを引きつれてさっきのキューバ人が歩いてるんだな——それも、逆の方向に！」

「またニュージャージーに向かってたわけね」ジョニーが笑いながら言った。

「その通り。で、大将、大慌てでタクシーの運ちゃんに言った、〝おい、停めてくれ〟タクシーは停まり、プエルト・リコ人が路上に飛びだして、キューバ人に叫んだ、〝おーい、そのペンギンは動物園に連れてってくれって言ったはずだぞ！〟キューバ人は立ち止まり、彼を見て言ったそうだ、〝ああ、ちゃんと連れてってやったよ。でも、みんなの入園料を払っても金があまったんで、こんどは映画に連れてってやるところさ！〟」

まわりの連中はみな笑いだしたが、キューバ人のフィリーだけはぶすっとして、バカルディーのダブルのオン・ザ・ロックを頼んだ。

すると、それまでずっと黙りこくっていた黒人のヘンリーが、おもむろに咳払（せきばら）いして言った。

「ハーレムに、ものすごく知能指数の高いやつが一人いてな。それで、えらく困っていたんだ。他の黒人たちからはお高くとまっていると思われて、仲間に入れてもらえない。それも道理で、そいつは知能指数が高すぎるから、〝くそ〟だの、〝おら（おい）おら〟だの、下品な言葉は使えない。文法の素養もあるもんで、女に向かって、〝マン〟と呼びかけることなんか到底できない。勤め先のダウンタウンでも、困ることばかりだった。白人たちからは、小生意気な黒んぼだと思われる。そいつがあまりに頭が切れるもんで、自分たちの仕事を横どりされるんじゃないか、と連中は思ったわけだ。それもこれも、元はといえば、そいつが驚異的な知能指数に恵まれていたせいだったんだな。なにせ、IQ二百六十だったんだから」

「そいつ、キューバ人じゃなかったのかい?」キューバ人のフィリーが言った。

黒人のヘンリーは話しつづけた。「そのうち、そいつは、知能指数を好きなだけ削りとれる機械を持ってる医者がいるって記事を何かで読んだ。で、さっそくその医者を訪ねて、自分の悩みを訴えた。いいとも、とその医者は言った。そうさな、じゃあ三十ポイントばかり削りとってやろう。この機械は一分間に二ポイントずつ知能指数を削りとれるようになってるのだ。ぜひ頼みます、とそいつが言うんで、医者は彼を椅子(いす)にすわらせた。頭に電極を装着し、両手を革ひもでくくりつける。フランケンシュタインそっくりになったところで、医者はスイッチを入れ、じゃあ、わしは十五分後にもどってくるからな、と言った」

黒人のヘンリーは、そこでビールをすすった。イリザリーは早くも笑いだしていた。

「その医者は、通りの向かいの歯科医で急ぎの治療を受ける予約をとってあったんだ。で、彼は急いで通りをわたって向かいのビルに入り、エレベーターをあがって歯医者に駆けこむと、レントゲンを撮ってもらった。それから歯医者と軽い世間話をして、エレベーターにとって返した。エレベーターにのった。動きはじめた。と、そこでエレベーターは故障しちまったんだ――その医者をとじこめたまんま。そこは五十九階だった。しかも通りの向かい側では、椅子にくりつけられたわれらが天才が、一分間に二ポイントずつ、どんどん知能指数を削りとられているんだ。

結局、エレベーターの故障を直すのに、一時間半かかっちまった。一階に着くなり医者は外に飛びだした。通りがかりの車がクラクションを鳴らし、交通整理のおまわりが笛を鳴らすのものかは遮二無二往来を突っ切って向こう側にわたり、自分のビルに飛びこむなり、上にいくエレベーターに駆けこんだ。まだそのエレベーターが停まらないうちから、医者は自分の部屋の鍵をとりだしていた。エレベーターが停まった。医者は廊下を駆けだして自分の部屋に飛びこみ、われらが天才の頭から電極を抜き、ストラップを外し、電流を切って、息を弾ませながら訊いた。〝おい、き、きみ、どんな気分だ？〟

するとわれらが天才は椅子から降り、ネクタイを直してから、キューバ訛りのスペイン語で言ったんだそうだ、〝うん、ボクちゃん、とっても元気でちゅ〟。

マスターのジョニーは腹を抱えて笑いながら壁に倒れかかり、イリザリーは手にした『デイリー・ニューズ』でヘンリーの腹を叩きはじめた。

「何がおかしいんだ」キューバ人のフィリーが言った。

一同はみな笑い転げ、イリザリーは、こんどはキューバ人のフィリーの腹を『デイリー・ニューズ』で叩きはじめた。そのとき、ドアがあいて、ブロンド・カルメンが入ってきた。みんな、ぶるっと身をふるわせた。

「ねえ」彼女は言った。「たてこんでる消防署に飛びこんでって、〝映画だぞ、映画だぞ！〟って叫んだアイルランド人の話、知ってる？」

「今夜はみんなコメディアンだぜ」ジョニーが言った。

「ねえ、一四九二って数字と、一七七六って数字の共通点はなあんだ？」ブロンド・カルメンが私に訊いた。

「さあてね」

「ダブリン・ヒルトン・ホテルで隣り合ってる部屋の番号」

私はイリザリーの新聞を借りて、彼女の腰に一発見舞った。

「プエルト・リコ人の宇宙飛行士が二人、宇宙船で打ちあげられたんだとさ」黒人のヘンリーが言った。「で、一人が宇宙遊泳をすることになった。そいつは命綱をつけ、ドアを後ろ手にしめて宇宙船の船外に出ていった。もう一人のプエルト・リコ人の宇宙飛行士は船内に寝転んで、『エル・ディアリオ』なんぞを読んでいた。すると、突然ドアをノックする音がした。そいつはむっくり起きあがって、言ったんだそうだ、

〝はい、どなた？〟」

「そんなのが面白いって言うんなら」ブロンド・カルメンが言った。「ここから出ておいきよ」

「あのな、ある男がプエルト・リコのポンスの通りを歩いてたんだとさ」イリザリーが言った。「すると突然、耳元で不思議な声がささやいたんだそうだ、〝ルーレット、サン・ファン、ルーレット、サン・ファン〟その晩そいつは家に帰り、かみさんが晩めしを作っているあいだ、ポーチに出ていた。すると、また同じ声がささやいた、〝ルーレット、サン・ファン〟こいつは奇妙なことがあるもんだ、ってんで、そいつはキッチンに入っていって事情を話し、こりゃきっと何かのお告げにちがいない、って言ったんだな。ところが、かみさんはそうトロくはない、〝なによ、あんた、そんなこと言ってどこかの女とサン・ファンにルーレットやりにいこうってんでしょ、だれがそんな手にのるもんかね〟

　ところがその晩、ベッドに横たわっている彼の耳元で、また例の声がささやいた、〝ルーレット、サン・ファン、ルーレット、サン・ファン〟彼はすぐかみさんを揺り起して、耳をすましてみろ、と言った。すると、かみさんの耳にもはっきり聞えたんだそうだ、〝ルーレット、サン・ファン、ルーレット、サン・ファン〟こいつは絶対に神さまのお告げだぜ、と彼が言うと、かみさんもこんどはうなずいた。

明くる日、二人は銀行にいった。二人はそこに一万七千ドルの預金がしてあった。十年間、懸命に働いて貯めた金だった。で、彼は窓口の男に、三千ドルおろしたい、と言ったんだな。ところが、またしても例の声が耳元でささやくんだ、〝みんな持ってけ、みんな持ってけ〟で、彼は一万七千ドル全額引きだし、かみさんと二人でサン・ファンにルーレットをやりにいった。

さっそくあるカジノにでかけると、耳元で声がした。〝三十三、三十三に張れ〟で、彼は千ドルを三十三に張った。すると、またしても例の声が、〝ちがう、全額張れ、全額張れ〟ルーレットのディーラーはカジノの支配人に、一万七千ドル賭けたいという客がいるが、かまわないか、とお伺いをたてた。支配人はかまわんと言う。で、ポンスからやってきた男は、十年間汗水たらして働いて得た、虎の子の一万七千ドルの全額を三十三に張ったんだ。やがて円盤がまわりはじめる。さあ、いよいよ大金持になれると思うと、男はもう雲の上を歩いているような気分でね、目を皿のようにして球の行方を見守っていた。円盤の回転が落ちはじめる。球がカタンとスロットに入る。その数字は……十二だったんだ。彼は呆然と突っ立っていた。かみさんはわんわん泣きはじめた。すると例の声が耳元で言った。〝ようし……こんつぎは当てようや〟」

「ようし、そこまで」ジョニーが吹きだしながら言った。「きょうはこれで看板だ」

「あのね、アイルランド人とユダヤ人とプエルト・リコ人の三人連れが砂漠を横断してたんだって」ブロンド・カルメンがしゃべりはじめた。「アイルランド人はビールを一壜持ってて、ユダヤ人はパストラーミ・サンドイッチを持ってたんだって。ところがプエルト・リコ人が持ってたのは車のドアで——」

「そこまで」ジョニーが言った。「きょうはこれでおしまい」

30

娘と会うのはほぼ一年ぶりだったから、彼女が〈エレインズ〉のドアをくぐって入ってきたとき、コンドンがそれと気づくまでには少し間があった。娘はカリフォーニアの金髪娘によく見られるように、髪をすんなりと長くのばしていた。少し痩せて、こころもち背が高くなったようだった。カウンターで独りで飲んでいた男たちが二、三人ふり返ったが、彼女は見られることに慣れているさりげない歩調で、夕方の客の中を通り抜けてきた。少女の頃の脂肪がすっかり消えてしまったな、とコンドンは思った。融けてなくなってしまったようだ。こっちが年をとったのもむりはない。

「待たせちゃったかしら」娘は彼の手を握って、軽く頰にキスした。「元気そうね」

「ああ、おまえも元気そうだな」コンドンは席を一つ移って、隣の、壁を背にした椅子に娘をすわらせた。おれは嘘つきだ、とコンドンは思った。娘はちっとも元気そうではない。目にはそこはかとない愁いが漂っていた。彼は手をふってニックを呼んだ。

娘はブランディーとクレーム・ド・マントのカクテルを注文してから、サン・フランシスコは近頃物騒で、というようなことを話しだした。パトリシア・ハーストのことをどう思う、とコンドンがたずねると、

「気持はわかるわね」娘は言った。「だって、あんな家族と暮らすよりは、銀行強盗をしてたほうが楽しいでしょうから」

「なるほどね」

「いやだ、お父さん、変なふうにとらないで。あたしが言ってるのはあの連中のことなのよ。彼女の家族、という意味で言ったんだから」

「ああ、そうであってほしいな」微笑をまじえて言いながら、コンドンは、十九になって娘は本当に母親に似てきたな、と思っていた。頬骨が隆(たか)く浮きだして、皮膚が透けるように張りつめているところなど母親そっくりだし、周囲をぐるっと見まわすときの目つきも母親を思わせた。ウェイターがグラスを運んできた。娘は犢(こうし)の肉を注文し、コンドンはステーキを頼んだ。

ディナー・ジャケットとイヴニング・ガウン姿の一団の男女が、コロンの香りをぷんぷんさせ、楽しげに談笑しながら、夢の中の情景のように軽やかに、二人のかたわらを通りすぎた。男たちのなかには顔にお白粉(しろい)を塗り、目蓋(まぶた)に銀のメイクを施した者も数人いた。雌牛なみのバストと紫色の唇をした四十年輩のブロンドの女が、タバコ

の自動販売機の前を通りすぎながら、ルドルフ・ヌレイエフとすれちがった。と、顔見知りの新聞記者がコンドンたちのテーブルに近よってきて言った。

「フランケンシュタインの映画のロケなんですよ。ほら、いまアンディー・ウォーホルが撮っている」

巨大な胸のブロンドが、またかたわらを通りすぎた。

「いまのは、モニーク・ヴァン・ヴォーレンです。やっぱり出演者の一人でね」

コンドンは肩をすくめた。彼にはもう最近の世の中が理解できなかった。娘は微笑したが、その目はやはりどこかしら翳りを帯びている。音楽や映画の話をしているうちに料理が届いた。

「どうしたんだい？」コンドンはたずねた。

「別に、どうもしないわよ」

「何か気がかりなことでもあるんじゃないのか？」

いまはそういう話はしたくないの、とでも言いたげに、娘は軽く手をふって犢の肉にナイフを入れた。店内はウォーホルのロケ隊の連中でかなり込み合ってきた。コンドンがカウンターのエレインと視線を合わせると、彼女はこういう店のオーナーがよくするように肩をすくめてみせた。こういうわけで今夜は勘弁してね、とその表情は語っていた。コンドンは、娘と対話する基盤がしだいに失われつつあるのを感じていた。残念でならないのだが、もはや娘と気持を通い合わせるのは不可能なのだろうか。このところ、自分のなかで急速に孤独感が深まりつつあること、最近はしきりに過去を想い返しながら呆(ほう)けた老人のように街を歩きまわっていることなどを、彼は娘に話したかった。

「オージー・ギャランって男のこと、聞いたことがあるかい？」コンドンはやぶからぼうにたずねた。いいえ、聞いたことないわ。一瞬ぼんやりとした表情を見せてから、訝(いぶか)しげにこちらの目をのぞきこんだ娘に、いや、むかしブルックリン・ドジャーズでプレイしていた野球の選手さ、と彼は言った。娘を相手にあのギャランの話ができたらどんなにいいだろう、と彼は思った。あのギャランと、それからカービー・ヒグビー、ウィットロウ・ワイアット、ピート・ライザー。そう、それから、ノルマンディー号が炎上したときみんなで見にいったときのことも話したいし、あの頃のラジオ番組のことも話したい。毎夜帰宅してから楽しみに聞いた『イナー・サンクタム』や、『クラフト・ミュージック・ホール』や、スタン・ローマックスの『きょうのスポーツ』……。

周囲で動きまわっているウォーホルのロケ隊の連中をながめているうちに、コンドンは、自分が急にだらしなく肥満した老いぼれのように感じられてきた。過ちや失敗だらけの過去の、安っぽい郷愁にふけるしか能がないとは何と情ないことか。ああ、こんなことならもう一度結婚したいものだ、と彼は思った。

「やっぱり話しちゃうわ。本当はね、お父さん、あたし、何もかも順調なわけじゃないの」静かに言うと、娘はナイフとフォークを置き、テーブルの端を両手でつかんだ。彼女の目には、十年前のあの日、コンドンに連れられて寄宿学校に着いたとき以来初めて見せる表情が、そう、最悪の事態を予期して身がまえているような表情が、浮かんでいた。

「あたしね、中絶手術を受けたの」娘は言った。「三週間前に」

コンドンは思わず娘の両手を握っていた。「そんな、おまえ」

「ううん、どうってことなかったわ、お父さん」騒がしいレストランの中で、その声はかすれるように響いた。「いまではね、簡単にすむことなの。事実、簡単だったし」

「どうしてわたしにひとこと、電話ででも――」

「だって、これはあたしの問題ですもの。自分一人で責任をとりたかったのよ」彼の夕バコを一本抜きとった娘に、コンドンは火をつけてやった。「あたし、最後まで他人の力を借りなかったわ」

ある八月の夕、浜辺を歩いていて突然雷鳴が轟き、怯えた娘を抱きしめて、大丈夫だよ、お父さんがついているから、と語って聞かせたときのことを、コンドンは思いだした。あのときの娘はまだ本当に小さくて、腕の中にすっぽりと入ってしまったものだったが。

「それでも、電話をかけてほしかったな」彼は言った。「何か力になってやれることがあったはずだ」

コンドンはウェイターを呼び、勘定をすませてから、娘と一緒に込み合った店内を通り抜けて二番街にでた。

「怒ってる、お父さん？」

「いや。おまえはわたしの娘だもの。何があろうと愛してるさ」

「ありがとう」娘は腕をからませてきた。二人は二番街を進んで新聞を買い、雑踏の中を家路についた。もしかすると——と、コンドンは思った——こちらが本気でかかれば、オージー・ギャランの話も聞いてもらえるかもしれない。

31

ここ数週間、ゲルホーンは眠れなかった。いつも目が冴えて、二階の大きなベッドで輾転反側しては、夜のクイーンズ地区の物音に聴き入っていた。さまざまな人間の顔や、会話の切れ端や音楽の断片が、意識の中に入りこんでくる。それは雨あられと降り注ぐ砲弾の記憶にも似て、生々しくも無秩序だった。朝になると、ベッドは汗で濡れ、シーツはくしゃくしゃになっていた。ときには引き裂けていることもあった。しばらくすると、妻が、いまは別に暮らしている息子たちが幼時寝室に使っていた部屋で寝るようになった。

その日曜日の早暁、まだ妻が寝ているうちにゲルホーンは一人でコーヒーを沸かし、さむざむとした灰色の朝の光に洗われている庭を眺めた。荒れた芝生のところどころに汚れた雪がこびりつき、リンゴの木は冬枯れていた。彼は新聞を手にとった。が、読むでもなく、しだいに夜が遠のいていく気配をぼんやりと感じていた。

ふと、パーキンスのことをゲルホーンは思いだした。南部訛(なま)りで口数が少なく、いかつい、平たい顔をしていたパーキンス。彼はニューヨークっ子がデンティン・ガムをかむようにタバコをかみながら、〝サッド・サック〟や、ブレガーや、ウィリーやジョーのことを笑っていたっけ。リタ・ヘイワースと寝たい、と一週間も思いつづけていたこともあった。『ヤンク』から切り抜いたピンナップ写真の水着のへりを、なんとか消してしまおうとしていたのもパーキンスだった。

記憶の中のパーキンスは、ギャヴィン軍曹と並んでいる。いかにもカリフォーニア産らしい黄色い髪と、柔らかみのある青い瞳をしていたくせに、ちょっと気むずかしいところもあったギャヴィン。そしてその隣には、がっしりとした大柄な体格の三人目の男が立っていた。部隊がとうとうベルギーの森林にたどりついたとき、その肌は生気を失い、その険しい目はカスタードに埋めこまれた石のように虚(うつ)ろにひらいていたっけ。

「何といったかな、やつの名は?」思わず大きな声で言い、その声に自分で驚いた。妻が目をさまさなかったならいいのだが。

ハリガンだ。そう、マーティー・ハリガンだった。

ゲルホーンはブラック・コーヒーをすすって、死者の顔を頭からしめだした。それからつと立ちあがると、玄関ホールにでてコートを着た。

中庭のほうで子供たちが二、三人遊んでいたが、大通りは閑散としていた。地下鉄に向かって歩きながら、彼は商店のウインドウに映った自分の姿に目を留めた。あの頃とは別人のようにでっぷりした男になっている。コートははちきれそうにふくらんでいたし、顔にはようやく老いが滲み(にじ)はじめていた。

彼はまたパーキンスのことを思いだした。ロンドンに駐屯していたときのことだ。長身の屈強なイギリス・パラシュート部隊の隊員が、ヤンキーどもの気に入らない点はセックス過剰、給料過剰、イギリス駐屯の人員過剰な点だ、と言った。ゲルホーンが黙れと言うと、そのイギリス人の兵士は彼のことを、ユダヤ野郎、と呼んだ。するとパーキンスが立ちあがって、その兵士の顎(あご)に痛烈な右を一発くらわしたのである。たちまちそこは修羅場となった。二人はイギリス兵たちのだれかれかまわず殴(なぐ)りかかった。テーブルが引っくり返り、女たちが叫び、拳固(げんこ)が交錯した。

じっさい、あれは何といい時代だったのだろう、と思いつつ、ゲルホーンは都心に向かうべく地下鉄の駅の階段を降りていった。

あんなに素晴らしい時代はあっただろうか。あのパーキンスにしてからが、南部出身の偏屈な変わり者とばかり思っていたのに、自分の友人がユダヤ野郎と罵(ののし)られたというただそれだけの理由で、全大英帝国を向こうにまわして闘ってくれたのである。肩と肩をぶつけ合い、カウンターを背中にして、力の限りパンチをふるいつづけてくれた。あとで基地にもどってギャヴィンとハリガンにそのことを話すと、連中もまた血相変えて立ちあがり、いまからロンドンにもどって、まだ酒場に残っているイギリス兵たちを全員ぶちのめしてやろうと言いだした。それから笑いが部屋に満ち、歌声が響きわたった……〝あした世界が解放されたなら、青い鳥が飛びまわるだろう、ドーヴァーの白い崖の上に……〟

あの頃はみんなが戦いの意義を信じていた、とゲルホーンは思った。ナチを殺し、ヒットラーを阻止し、ドイツを壊滅させる――その単純明快な目標に疑いを抱く者はただの一人もいなかった。夏期訓練場で国旗が掲揚され、〝星条旗よ永遠なれ〟が演奏されると、だれもが感動にうち震えたものだった。

地下鉄は轟音(ごうおん)とともに川底をくぐり抜けてゆく。見知らぬ人間の名がペンキで塗りたくられているトンネルの壁を見ると、ゲルホーンは、奪取した公共の建物の壁にキルロイが書いた、あの〝キルロイ、ここに立てり〟という落書きをもう一度見たいと思った。が、そのキルロイも死んだ。パーキンスも、ギャヴィンも、ハリガンも死んだ。それからあの素っ頓狂な従軍看護師……マンスフィールドと言ったっけ……彼女も死んだ。ヘレン・マンスフィールド。片頰(かたほお)で笑うあの独得の微笑、えくぼの刻まれる顎(あご)。

ゲルホーンは微笑しながら地下鉄駅の階段をのぼって、タイムズ・スクェアにでた。

頭の中には古い歌が流れていた……〝歓喜の笑いについで、平和が訪れる、待っているがいい、明日には訪れる……〟久しぶりに映画でも見るか、とゲルホーンは思い、ダフィー神父の彫像の隣に立ったものの、劇場のうそさむい入口の看板は、どれも刑事物とポルノ映画ばかりだった。

ゲルホーンはセントラル・パークに足を向けて、五十九丁目近くの荒れ果てた地面と息も絶え絶えの涸れた湖をながめた。すると、戦火に焼かれたアルデンヌの、荒れ果てた森林の姿が甦った。霧の中から怒濤のように突出してきたドイツ軍。あの〝バルジの戦い〟の冬、戦友たちは次々に倒れ、生きのびた者も結局は死んでいった。しばらくして、ゲルホーンはまた地下鉄の駅に引き返した。今夜はきっと眠れるだろう、と彼は思い……そしてまた、パーキンスが右のパンチをふるった瞬間を思いだした。パーキンスはいま、ヨーロッパのどの十字架の下に眠っているのだろう。いつのまにか、雪が降りはじめたようだった。

32

夢も見ない眠りからさめて、マロイはタバコに手をのばした。灰色の朝の光がカーテンの隙間（すきま）から押し入り、一日を彩る騒音の最初の鋭い響きが伝わってくる。バスのエンジンのバックファイヤの音、パンの配送トラックのドアが勢いよくしまる音、路面清掃車がたてるぶうんという唸（うな）り音。やがてそれらは他の千の音と融（と）け合って、ニューヨーク特有の神経をかきむしるような長い音響をかもしだすことになる。が、いまはまだ朝だった。マロイは個々の音源を頭の中で当てながら、それぞれの車の運転手や、乗客や、道端に寝そべっているアル中たちの顔を思い浮かべていた。その間終始頭の片隅では、西海岸ではまだ四時か五時にしかなっていないのだということを意識してもいた。電話がかかってくるのは数時間後だろう。いや、ひょっとすると、かかってこないという可能性もないではない。

マロイはタバコの火をもみ消した。もう一度眠ろうとするのだが、往来の音が地上六階のその部屋にまで響いてきて、なかなか寝つけない。そのうち突然、ヴァーモントの寄宿学校に初めて連れていったとき、息子が浮かべた傷心の表情が、記憶の底から立ち現われた。マロイはまたタバコに火をつけると、体を動かすことであの日の記憶をふり払おうとするようにベッドから降り立った。

　タバコを一本ふかしてから、ひげをあたった。シェイヴァーを小刻みに動かしたり、すうっと、白い泡をすくいとるようにすべらせたりしながら、何かもっと新しい方法をこの朝の儀式に取り入れられないものかと思う。洗面台の金具の錆を意識すると、三作目の小説がヒットして映画の脚本執筆の依頼が殺到したのを機にカリフォーニアに移住したあの年、思いきって買った家のあの広々とした浴室を思いだした。洗面台が二つ、シャワーが二つ、それに妻専用の化粧室があり、渓谷の素晴らしい眺望を楽しむことができた。そんな生活が永遠につづくもの、としばらくの間は思っていた。一九六四年のことである。いまは一九七一年。その間にハリウッドの勢威は失われ、彼があの年に持っていたものはほとんど失われてしまった。

　ひげを剃り終えると、熱い湯でしぼったタオルで顔をぬぐう。なおも西海岸における時刻を頭の中で計算しながら部屋を横切って、カーテンをさっとひらいた。下の歩道を、ずんぐりとしたプエルト・リコ人が掃いている。網ストッキングをはき、髪をカーラーで巻いた美しい娘がバス停に立って、七番街の角で渋滞している車の群をながめていた。発生源を目で確認できると、騒音というやつもあまり気にならなくなるものだな、と彼は思った。そして、デスクのほうをふり返った。

現在の彼の在りようのすべての証しがそこにあった。黄色い書簡用紙にやっとの思いでタイプされた貧相な短編。自分の息子の殺害犯人を苦労して追いつめた男のことを報じる『ニューズウィーク』の記事の切り抜き。隅を折ってある黒表紙の、三冊の旧作の台本。ある傭兵(ようへい)を主人公にした映画になるはずだった脚本の書きだし。『フレンチ・コネクション』がロード・ショウ公開される三週間前に彼が書きあげた警察小説。ヒット間違いなしの内容にするという条件つきで脚本化を依頼された、ある女スパイに関する本。それに、ホテルや商店の勘定書。息子から最後に届いたとりとめのない手紙。慰謝料の送金が二ヵ月滞っていることを告げる会計士からの通知。イギリスの出版社は彼の短編集には興味を示さなかったと言ってきた、エイジェントからの手紙。彼はいつのまにか、志を失った売文業者に堕していたのである。本を書く代わりに彼がしているのは単なる文章の切り売りだった。本を書くことこそが、彼にとっては、生きることと同義であったのに。

息つく暇もなく、精力的に作品をものしていった頃のことを彼は思いだした。長編、短編、映画の脚本、何でもござれだった。そう、あの頃は一人で五人分の仕事をこなしていたというのに、いまはこうしてプロデューサーからの電話を待っている。できるものならレンタカーを借りて学校に乗りつけ、息子に会いたかった。しかし、いまはここを離れるわけにはいかない。酒を断ってから八ヵ月になるいま、酒場という古い慰藉に身をすり寄せる気にもなれない。もう一度〝フェード・イン〟（画像がしだいに鮮明になること）とタイプで打つと、マロイは手を止めて立ちあがった。本棚からサン＝テグジュペリの『人間の土地』をとりあげてベッドに横たわり、空を飛ぶことがまだロマンティックだった頃のパイロットにしばしなって、空漠たるサハラを横断する興奮に身を委ねた。しばらくすると、彼は眠りに引きこまれた。

電話の音で目をさましたのは、正午だった。エイジェントからで、ユニヴァーサルから返辞がきたという。残念ながらうち向きではない、いい作品だがいまはのれない、という回答だったらしい。そのうち仕事をお願いするかもしれないから、これからも作品を送ってくれ、とのことだったという。つまりはそういうことだった。マロイはしばらくじっとベッドに腰かけていた。それから、別れた妻に電話をかけた。

「ボビーに会いにいってくる」彼は言った。

「よしなさいよ、そんな」

「会いたいんだ」

「あの子のほうが面くらうだけよ、ロバート。お願いだから、やめて」

「ボビーと話したいんだ」

「あの子のほうじゃ、話したがらないわ」

「話したがるやつがいるか？」

「え？」

「話したがるやつがいるか、と言ったんだ。そうだろう。きみはおれと話したがらない。おれの血を分けた息子も、おれと話したがらない。おれはだれかと話したいんだ」

「ねえ、どうかしたの、ロバート？」

「いや、いたっていい気分さ」

「小説は書いてる？」

「慰謝料の小切手なら書いてるぜ」

「泣き言を聞かされるのは退屈だわ」

「だれがおまえなんかに」

電話を切り、素早く服を着て街にでた。川から強い風が吹いて、大気をかき乱していた。マロイはビルの壁に沿ってダウンタウンに向かい、〈ライオンズ・ヘッド〉の方角にぶらぶらと歩いていった。その足でヴァーモントに向かう気はなかったが、いきたいと思った。いってボビーに会い、寄宿学校から連れだして、旅にでたかった。車で西部にいくのもいい。あるいはフロリダにいってもいい。軍隊に入ったときの訓練場をボビーに見せて、メキシコ湾で泳ぐのだ。ボビーの体をこんがりと日焼けさせてやろう。自分はどこかのバーで働いてもいいし、小さな町の新聞社に勤めてもいい。生と死と戦争。それをテーマに、かつて小説を書いたことがある。もう一度書けないはずがない。

マロイは二十丁目のフラワー・マーケットの前を通りすぎた。ラテン系の若者たちが足踏みして暖をとったり、ウインドウに花を飾ったりしている。前面には、やはりいちばん明るい色の花を置くようだ。そうだ、おれにも色彩が必要だ、と彼は思った。緑の森、ボナールのオレンジ色の海、紺碧の空。新聞スタンドの『ポスト』紙の紙面に、〝ギャング戦争!〟という大見出しが躍っている。顔を吹きとばされたギャングの死体が発見されたという。生と死と戦争。そうだ、名前を変えて、もう一度このテーマで書こう、とマロイは思った。そのほうが、三十四丁目のＹＭＣＡホテルの安っぽい部屋で暮らすよりよっぽどいい。小説の読み方も知らない映画のプロデューサーからの電話を待っているより、どんなに充実していることか。

シェリダン・スクエアの角に達すると、マロイは風に吹かれて路上を舞う埃や紙切れをしばらくながめていた。それから、〈ライオンズ・ヘッド〉に入った。内部は薄暗くて、ほとんど客の姿はなかった。バーテンのトミーが近よってきた。

「何にするね、ロバート?」

「ウィスキー」

桟の入っている窓から外を見ていると、〝フェード・イン〟という言葉がゆっくりと頭の中にタイプされた。すると彼には見えはじめたのである、サハラの上空を吹きすさぶ風や、眼下の砂漠を移動するベドウィン族や、涸れ川(ワディ)に集結しているフランス軍の兵士たちが。ジンダーヌフ砦(とりで)からうっすらとたちのぼっている一条の煙まで、彼は思いだした。

「それに、水を添えてくれ」マロイは言った。

「いいとも」トミーが答えた。

33

最後の日、ドノヴァンはビーチ・ハウスにひとり横たわって海の音に聴き入っていた。シーツは砂でざらついていたし、口中には荒れた前夜の名残りの粘ついた味が残っていたけれども、ドノヴァンは身じろぎもしなかった。彼はじっと耳をすまして、波は砂浜のどのくらい上まで寄せて砕けているのだろう、と考えていた。車のドアが三回バシンとしまる音がした。砂利道を往き交う車の音も聞える。彼の子供たちが、家に近よってくる気配がした。男の子のかん高い声と、何かをしつこくねだっている女の子のキンキン声。目をとじて静かに横たわっていると、こんどは妻がキッチンに入ってくる気配がした。網戸がバタンとしまる音につづいて、人間の声というよりはその影のような話し声が聞える。やがて網戸がまた勢いよくしまり、その余韻が消えると、再び虚ろに吠える波の音が大きくなる。

明日の朝になったらスタジオにでかけて、これまでいつも休暇明けにしてきたとおりのことをしよう、と彼は思った。そういう習慣だけは、どんなことがあろうと崩すまい。まず、〈セントラル・ランチョネット〉でブラック・コーヒーとデーニッシュ・ケーキの朝食をとる。それから魔法壜にコーヒーを入れてもらい、古びた魔法壜から洩れるコーヒーでバッグの底を濡らしながらスタジオにいく。あいているほうの手でドアの鍵をあけ、魔法壜をテーブルに置いて、ライトをぜんぶつける。そしてコーヒーを飲み、その日最初のタバコを一服して仕事をはじめるのだ。彼の仕事は色々な広告代理店の依頼に応じて組み絵を作ったり版下を作ったりすることだった。しかも、腕がいいほうだった。仕事が速く、正確で、仕上がりがきれいだった。彼はずっと昔、画家になる夢を抱いたことがあったのだ。ざらざらとしたベッドに一人横たわっているいま、その夢をちらっと思いだした。キャンヴァスに描いた厚塗りの手ざわりや、ワックスとカゼイン膠で筋目をつける効果のことなどを思い返してから、彼はキャメルに手をのばし、一本をじっくりとふかして古い夢を頭から追い払った。

ややあって、家の中にもどってきた妻が、寝室のドアをあけた。

「わたしたち、いくわ」

ドノヴァンは黙っていた。打ち寄せる波の音が大きく響きわたった。

「いくわ、って言ったのよ」

「今週中に電話するよ」

「それだけ？　子供たちにさよならも言わないの？」

「ああ」

さっと背中を向けるなり妻は出ていった。ドノヴァンは、彼女と知り合った当時のことを思いだそうとした。初めて会った日が、どうしても思いだせない。会った年は覚えているし、当時流行っていた歌や、漠然とした社会のムードも覚えているのだが、彼女と初めて会ったのがどこで、いつだったのかが、どうしても思いだせない。それはどうでもいいことでもあるし、どうでもよくないことでもある。ドノヴァンはまたタバコに火をつけて、しばらくふかしていた。妻と子供たちが出発する物音を聞きたくはなかった。

彼の頭には、怒りと、おそらくは憎悪で歪（ゆが）んだ前夜の妻の顔が大写しになっていた。彼女の怒りは、前日、子供たちと一緒に浜辺で昼食をたべたときから徐々に醗酵（はっこう）していたのだった。そのとき、近くにビキニ姿の黒人の若い女がいた。ドノヴァンは彼女にじっと目を凝らし、頭の中の画用紙にスケッチを試みた。見えない木炭は彼女の腰から尻の双丘にかけての三角の線を描き、それから思いきった弧を描いて信じられないほど発育した尻の輪郭をとらえた。彼女の肌の黒さたるや青黒いほどで、オレンジ色のビキニが鮮やかに映（は）えていた。小さめな胸とは対照的な尻は、ボウリングの球を半分に割って二つ並べたようだった。彼女自身、自分のそういう容姿を完全に意識して動いていた。きっとダンサーだろう、と彼は思った。あるいは運動の選手かもしれない。

「いやらしいなんてもんじゃないわね、その目つき」彼の妻がひややかに言った。いや、自分はいつも冷静な目で女性の体を見ているんだ、とドノヴァンは説明しようとした。なんべんも言ってるじゃないか、おれは画家になる教育を受けたことがあるんだ、肉体というものを美学的に見る癖がついているのさ――そう彼は言った。おれは肉体というもののプロポーションや、面や、量感というものを楽しむんだ。それに、おれは見るだけで、変な振舞いに及ぶわけじゃない。おれにとって連中は、画廊の絵のようなもんさ。おれはレンブラントが好きだけど、彼と寝たいと思うわけじゃないからな。おれは芸術家だったんだ。忘れたのか？

「あきれた芸術家もあったもんだわ」鼻を鳴らして子供たちの手をとると、妻は浜辺を遠ざかっていったのだった。ドノヴァンは文句を言わずにその場に残った。魔法壜に入れてきておいたウオトカ・トニックを飲みながら、もうあいつと暮らすのはうんざりだとつくづく思った。おれは自分の生き方を変えてまで、あいつを幸せにしてやろうとしたのに。おれは古い夢を捨てて、くだらない仕事を受け容れた。それも、あいつを食べさせてやるためだった。そう、家庭をつくり、子供を育て、毎年このハンプトンで夏のヴァカンスを楽しむためだった。あげくに、ちょっと美しい女の体をながめたからといって、毒づかれるとは。風が冷たくなったとき、ドノヴァンは立ちあがった。妻はもどってこなかった。毛布と子供たちのサンダル、それにからの魔法壜を抱えると、彼は砂丘の間を通り抜けてビーチ・ハウスにもどってきた。黒人の女は、もはや影も形もなかった。彼女は地下鉄や街角や劇場のロビーやデパートやコーヒー・ショップ等でドノヴァンが見かける他の幾多の女たちと同様、ただそこに現われ、彼の目に貪(むさぼ)られたあげく消えていったのである。

その晩、知合いの夫婦を二組夕食に招いてあったので、ドノヴァンはビーフ・シチューをどっさりこしらえることにした。彼はキッチンで、牛肉とポテトとセロリとにんじんを切り刻んだ。玉ネギの皮をむき、またウオトカを飲んだ。相変わらず冷たい沈黙を守って妻がもどってきたが、子供たちのにぎやかなおしゃべりにドノヴァンの怒りは和らげられた。彼はひたすら料理に集中した。二組の夫婦が到着した。彼の妻を加えた夫人連中はポーチで雑談。男たちは酒を飲みながらヤンキースの成績について語り合い、聞き覚えのあるジョークを交わし合っては笑い合った。いちばん大声で笑ったのはドノヴァンだった。彼はテーブルからキッチンに移ってシチューにスパイスを加え、ピカソの奔放な絵具の使い方と、目につくものすべてをコラージュにしてしまうシュヴィッタースの奇才のことを考えながら、独自の味つけをした。何時間もかかって、彼は大作をつくっていった。シチューは、絵やコラージュに似ていた。どんな材料でも使えるのだ。子供たちはボイルド・ホットドッグを食べて先に寝てしまった。男たちはさらに酒を飲んだ。やがて全員がテーブルにつき、ドノヴァンがシチューを各自の皿によそった。食事がはじまった。みな黙々と食べた。女たちの一人は、かなり時間をかけてかんでいた。そのうち、ドノヴァンの妻がつと立ちあがり、皿を持ってキッチンに歩みよると、網戸をあけてシチューを皿ごと裏庭に放り捨てた。「あなたの料理はあなたとのセックスみたい——やたらと水っぽいの」言い捨てるなり、彼のわきを通り抜けて、キッチンからポーチへ、ドノヴァンの人生の圏外へ、去っていったのだった。

車のドアがバタンとしまる音がする。抗う子供たちの声も、波の音にかき消されて、ごくかすかにしか聞えない。エンジンが唸り、タイヤが小石をはねあげ、車は走り去った。ドノヴァンはふうっとタバコの煙を吐きだした。バラ色の壁を背にふわりと浮かんだ薄青い煙の輪をながめながら、いま頃あいつは何を考えているだろう、と思った。子供たちを後部シートにのせ、怒りに目をひきつらせてハンドルを握りながらモントーク・ハイウェイを飛ばしている彼女の姿が脳裡に浮かんだ。すると、かつて二人で西部にドライヴ旅行をしたときの記憶が、そう、無人のガソリン・スタンドのかたわらに太陽に炙られた冷蔵庫が転がっているような砂漠を突っ切って旅したときの記憶が甦った。あの旅の途中、彼はなんとか妻に自分を理解してもらおうと努めた。

当時はまだ子供も生れていなかった。車を運転しながらドノヴァンはしきりに話しかけたのだが、妻は広漠たる風景に目をすえてまともに聞こうとはしなかった。このおれという男はどういう人間か、せめてそれだけでも理解してほしい、と彼は思った。おれはおまえに、このおれという人間を丸ごと預けよう。そのおれを受けとめることができたら、おまえもおれにおまえという人間を丸ごと預けてくれないか。おれはおまえの肉体とではなく、おまえという人間と寝たいのだ。が、妻は、彼をちらっと見ただけで、話題を政治論議に切り替えてしまった。それは何も言いたくないという意志の、彼女流の表現法だった。それっきり、カリフォーニアに着くまで、彼女はひとことも口をきかなかった。

ドノヴァンはゆっくりとベッドから起きあがった。うだるような暑さの中でひげを剃りながら、去年の〝レイバー・デイ〟には何をしていただろう、来年の〝レイバー・デイ〟には何をしているだろう、と考えた。また新しいタバコに火をつけた。冷蔵庫をあけるとトニック・ウォーターの最後の一壜が入っていた。貪るように飲んで、口中をゆすいだ。それから、ゴミ類を全部ビニール袋につめて、外にでた。少し離れたところで、グレイスン夫妻がステーション・ワゴンに荷物を積みこんでいた。だれかが手をふった。彼も手をふり返し、ゴミ袋を郵便箱の隣に置いて、家の中にとって返した。ラジオからロックンロールが流れている。道路を往き交う車の数がふえつつあった。

スーツケースに荷物をつめ、窓とドアに施錠して、鍵をマットの下に置く。夏の別荘族がみな引きあげたあとで、不動産屋の女性がそれらの鍵を集めてまわることになっている。いまあの女性とバッタリ会うのはごめんだな、とドノヴァンは思った。藪(やぶ)をかき分けて、彼は道路にのぼった。そこから町までは約二マイルある。灼(や)けつくような陽光のおかげで、朝もやは消えていた。町まではこの暑熱に炙られながら歩いていかなければなるまい。ニューヨークにもどったらマロイのところに転がりこもう、と彼は思った。マロイの部屋には長椅子(ながいす)があるし、彼も離婚して一人暮らしをしている身だ。きっとわかってくれるだろう。そう、しばらくマロイのところに泊めてもらいながらアパートメントを探そう。グリニッジ・ヴィレッジか、あるいはもう少しさがってソーホーあたりでもいい。できれば、ロフトにしたいものだ。そして、ベッドとテーブルと椅子を買う。これまで妻と一緒に買い揃(そろ)えてきたものを、また最初から一つずつ揃えていかなくては。トースター、ナイフ、フォーク、ラジオ、ステレオ。それぞれ一つずつ揃えていこう。

カーヴェルまできたところで、彼は一休みするつもりで立ち止まり、地面に置いたスーツケースに腰かけた。シャツは汗でぐっしょり濡れている。ハンカチで顔をぬぐった。MGが一台、小柄なボディーに不敵な表情をみなぎらせて飛ばしてきた。助手席には、黄色いスカーフで髪をきっちりと巻いた、あの黒人の女がすわっていた。ハンドルを握っているのは、顎ひげを生やした白人の男だった。ドノヴァンはゆっくりと立ちあがり、みるみる遠ざかっていく車の後ろ姿に手をふって、別れを告げた。

34

老女優は毎日〈プラザ・ホテル〉で昼食をとる慣わしだった。そこは、最も果敢に時の流れに抗しているが故に、いまもニューヨークでは彼女のお気に入りのホテルなのだった。彼女はサングラスで顔を隠し、黒っぽいスカーフをきっちりと首に巻いて、いつもきまった隅のテーブルで一人で昼食をとる。正体を気づかれることはほとんどない。それが気に入っていた。忠実なファンからはきまって、いつ映画界にカムバックするのだ、と訊かれるのだが、自分では、おそらく二度とカムバックすることはあるまい、という気になっていた。いまでもときに出演の依頼がくるが、それはたいてい『何がジェーンに起ったか？』の醜悪な模倣で、台本にはベティー・デイヴィスの指紋がそこら中についていた。どれもこれも、恐怖映画ばかり。若き日の思い出を蹂躙する覚悟でなければ、とてもそんな映画に出演することはできない。

その午後も老女優はある脚本を持参していたのだが、彼女の演じるはずの人物が斧に手をのばした二十七ページ目で、読むのをやめてしまった。彼女はウェイターを招きよせて、エッグズ・ベネディクトとホワイト・ワインを注文した。仄暗いレストラン内を歩きまわっている若い男女の姿をながめながら、どこかで奏でられているピアノの音を聞いていると、もはや老いを跳ね返すことはできないと初めて意識したときのことが思いだされた。肉体は、いつかは凝結してしまう。肌には皺が生じ、カサカサになって、お白粉や紅で隠さないことには亀の首の部分のようになってしまう。それを意識した瞬間、そう、肌を吊りあげる整形手術も、美顔術ももはや無益だと覚った瞬間の何と恐ろしかったことか。だが、そのとき、これはたぶん自然の摂理なのだろう、人が死を受け容れやすくするために自然はその肉体を老いさせるのかもしれない、と思ったことも、彼女は覚えている。彼女は最近、死について考えることが多くなり、むかしの宣伝係とか、最後のマネージャーとか、二、三のベテラン俳優といった少数の友人たちと、それについてよく語り合う。

悲しいのは、自分の死亡記事が、戦前、ハリウッドの黄金時代に芸能記者向けに流されたつくりものの情報をないまぜにした、真実からほど遠いエピソードで固められるに相違ないことだ。友人たちは、誤りを正すためにも回想録を執筆したらどうだ、とすすめてくれる。だが彼女は、同じように年老いた女優たちが発表する一連の回想録、悪趣味一歩手前の自己憐憫と虚偽のノスタルジーに満ち満ちたあのての自伝が好きになれないのだった。あの本は、自分に都合のいいセリフだけを集めたモノローグのような気がするのである。

いちばん真実に近い記録は、やはり彼女がむかし出演した映画自体だと言っていいだろう。それはいまも、テレビの深夜映画劇場にくり返し登場している。といっても、放送されるのは、最近『警部コジャック』の再放送ばかりしている②チャンネルの『CBS深夜映画劇場』ではなく、チャンネル⑤か、チャンネル⑨が多いのだが――。

それらの映画に登場する彼女は、永遠の若さに包まれている。肌は透き通るように白く、黒と白が織りなすあの奇妙な銀色の色相のなかで、目はキラキラと輝き、光っていた。あの頃共演したハンサムな男優たちのほとんどは、映画界から消えている。もはやみんな、彼女が初めて会ったときのあの若者たちではない。セットは三十年前に壊されてしまった。時とテレビに蚕食されて消えてしまったスタジオもいくつかある。新聞にのる自分の死亡記事を、自分が読まずにすませられることだけが、彼女の慰めだった――もっとも、色々な人間から聞くと、各新聞社ではすでに彼女の死亡記事を用意して、ファイルにしまってあるらしいのだが。

ウェイターがエッグズ・ベネディクトとワインを運んできて丁重に一礼し、すぐ去っていった。ややあって、ふと老女優が顔をあげると、顔見知りの人物がためらいがちにドアから入ってくるところだった。

カウボーイ・ハットをかぶっているおかげで、彼は実際の身長よりも高く見える。カリフォーニアの陽光に焼かれて、顔の色艶もいい。だが、片目に黒い眼帯をかけているその老映画監督は、最近もう一方の目も悪くなったらしい。そんな記事を、彼女は何かで読んだことがあった。だからほとんど盲目も同然なんだ、とだれかが言っていた。目下ある美術館で彼の映画を回顧する催しがひらかれており、旧作が十本ほど上映されている、という記事も、老女優は何かの雑誌で読んだことがあった。いま、彼の隣には、テープレコーダーを持った聡明そうな若者が付き添っている。その光景をながめているうちに老女優は、若かりし頃の自分の裸体を見た数少ない現存者の一人がその監督であることを思いだした。

あの年、二人はワーナーの映画を撮っていて、彼女が雨に濡れた街路を駆け抜ける重要なショットを何日もかけて撮影したことがあった。彼は当時妻帯していたし、彼女にも夫がいた。監督は彼女をバスターというニックネームで呼んだ。さあ、きみの用意ができしだい撮るからな、バスター。よし、もういっちょういこう、バスター。そしてある晩、二人は黄色いオープン・スポーツカーでパシフィック・コースト・ハイウェイを飛ばしていた。むせび泣くように騒いでいる海を右手に見ながら、二人は南のラグーナを目ざした。海辺のレストランに着くとロブスターを食べ、彼がくり返しジュークボックスでかけたスキニー・エニスのレコードに合わせてダンスをした。

やがて、彼は言った。「よし、バスター、今夜は泊っていこうじゃないか」
老女優は卵料理を突っつき、ワインをすすった。再び顔をあげると、老監督はいかにも仕事熱心な様子の若者とテーブルについたところだった。きっと若者が昔の思い出を監督にたずね、監督はとっておきのエピソードを色々と披露するのだろう。そうにちがいない、と彼女は思った。でも、わたしも彼も死の床まで胸底に秘めつづけるに相違ないエピソードが一つだけある……。

あのテーブルにいって挨拶(あいさつ)をすべきだろうか、と老女優はワインをすすりながら思った。けれども、彼にはこのわたしの姿が見えないのではないかと心配だった。いいほうの目の視力も衰えつつある、という噂(うわさ)は本当なのだろうか。それに、たとえ見えたとしても、わたしだということがわからないかもしれないではないか。わたしはもう、あの黄色いオープン・スポーツカーに乗っていた若い女優ではないのだから。

老女優は卵料理を突っつき、ワインを飲み干して、コーヒーと勘定を頼んだ。ウェイターはまた遠ざかっていった。ちらっと監督のほうを見やると、相手の若者ににこやかに笑いかけている。コーヒーと勘定書が同時に届き、老女優は小銭をとりだそうと財布をまさぐった。

気がつくと、老監督がテーブルのかたわらに立っていた。

「やあ、バスター」低い声が、彼女の耳を打った。

立ちあがろうとした彼女の頰を、軽く彼の手が撫でた。

「きれいだな、相変わらず」

声もなく彼の胸に顔を押しつけながら老女優は考えていた――これから二人で車を借り、海ぎわにでかけ、ロブスターを食べ、軽くダンスをし、それから、そう、ともに一夜をすごすことができないものか、と。

黄色いハンカチ（Going Home）

あれはフォート・ローダーデイルにでかけたときだったわ、と、その若い娘はあとで話してくれた。総勢六人、男女三人ずつだったという。サンドイッチとワインを紙袋につめて、一行は三十四丁目の古いバス・ターミナルからバスに乗った。灰色にくすんだ寒い春の居すわるニューヨークをあとにしながら、彼らは早くも黄金色（こがねいろ）の浜辺と寄せくる潮を頭に思い描いていた。ヴィンゴという男は、そのときから乗っていたのである。

バスがニュー・ジャージーをすぎてフィラデルフィアにさしかかる頃、若者たちは、ヴィンゴが身じろぎもしないのに気がついた。ヴィンゴは彼らの前にすわっていたのだ。顔は薄汚れていて年齢の見分けがつかず、地味な茶色い服は体にすこしも合っていなかった。指先はタバコの黄色いヤニで染まっていた。終始唇の内側をかみつづけており、自分だけの繭（まゆ）のような沈黙の世界にとじこもっていた。

夜も更けて、ワシントン郊外のどこかにさしかかったとき、バスは〈ハワード・ジョンスン〉モーテル・チェーンの一つに入った。みんなが降りたのに、ヴィンゴは降りなかった。さながらシートに根を生やしたようにすわっている彼を見て、若者たちの胸に好奇心が芽生えた。あの男はいったいどういう人なのだろう。ヴィンゴの身の上について、彼らは思い思いに想像をめぐらした。きっと、船の船長じゃないかな。奥さんから逃げだしてきた人かもしれないわよ。いや、彼はやっと除隊した老兵で、帰郷の途中なんだよ。みんなでバスにもどったとき、先述した若い娘が彼の隣に腰をおろして自己紹介した。

「あたしたち、フロリダにいくところなの」明るい口調で、彼女は言った。「あなたもそうお？」

「さあね」ヴィンゴは言った。

「フロリダにいくのは初めてなのよ。とてもきれいなところなんですってね」

「ああ、きれいなところだよ」ヴィンゴは静かに答えた。一度忘れようとしたことを、思いだしているような口調だった。

「フロリダに住んでらっしゃるんですか、やっぱり？」

「海軍時代に、しばらくいたことがあるんだ。ジャクスンヴィルだったがね」

「よろしかったら、ワインをいかが？」

彼は微笑して、キャンティの壜を受けとった。そして一口飲み、礼を言うと、また沈黙の殻にとじこもった。しばらくして、ヴィンゴがコックリしはじめたのに気づいて、彼女は仲間のもとに、もどった。

朝になると、彼らはまた別の〈ハワード・ジョンスン〉の前で目ざめた。こんどはヴィンゴも中に入った。例の若い娘が、あなたもぜひいらっしゃいよ、と勧めたのだ。ヴィンゴはとても恥ずかしそうだった。ブラック・コーヒーを注文し、フロリダに着いたら浜辺で寝ようぜなどと話し合っている若者たちの横で神経質そうにタバコをふかした。バスにもどると、例の若い娘がまたヴィンゴの隣にすわった。しばらくして、彼は苦しげな面持ちで重たい口をひらき、自分の身の上をポツリポツリと語りはじめた。思ってもみない内容だった。彼はこの四年間服役したニューヨークの刑務所から出所したばかりで、これからわが家にもどるところだ、というのだ。

「四年間も！」彼女は叫んだ。「どんな罪を犯したの、いったい？」

「たいしたことじゃないさ」ぶっきらぼうに、ヴィンゴは答えた。「要するに、おれは悪いことをして、刑務所にいった。懲役がいやなら罪を犯すな、っていうだろう。そのとおりだよ」

「奥さんはいるの？」

「わからない」

「わからない？」

「ムショにいた頃、女房に手紙を書いたんだ。こう言ってやったよ——なあ、マーサ、おれの女房でいるのはもうたくさんだ、って気持になっても、むりはない、いい、ってね。そう書いてやったんだ。おれはまだ当分娑婆にはもどれない。もし待つのがいやだったら、子供たちにあれこれ訊かれるのがこたえるんだったら、つらくてがまんできないんだったら、おれのことは忘れてかまわない。だれかいい男を見つけて——女房はじっさい、めったにいないような、いい女なんでね——そう、そいつと幸せな家庭を持って、おれのことは忘れてくれ、そう書いてやったんだ。おれには手紙なんかくれなくていい、と言ってやった。そのとおり、女房は手紙をよこさなかったよ。この三年半ばかり」

「で、あなたはいま、お宅に帰るところだというの、奥さんがどうなったかもたしかめずに？」

「ああ」きまり悪げにヴィンゴは言った。「実は先週、保釈が確実になったとき、久しぶりに女房に手紙を書いたんだ。おまえが別の男と暮らしてるんなら、おれは邪魔しない、と言ってやった。でも、もしそうじゃなくて、おれを迎え入れてくれる気があるなら、教えてくれ、ってね。おれたちはジャクスンヴィルのすぐ手前の、ブランズウィックって町に住んでたんだ。その町の入口には、でかいオークの木がある。とてつもなくでかいんで、有名な木なのさ。おれはこう書いてやった——もしおれを迎え入れてくれるなら、その木の枝に黄色いハンカチを一枚結びつけといてくれ、そうしたらおれは、そこでバスを降りて家に帰るから、って。でも、もしおれに会いたくないんだったら、なにもしなくてけっこう、ハンカチも結ばなくていい、そうしたらおれはそのままバスに乗って町を走り抜けるから、ってね」

「まあ」若い娘は言った。「おどろいた」

彼女は仲間にその話を打明けた。若者たちはたちまちヴィンゴと一体となり、バスがブランズウィックに近づくにつれて、居ても立ってもいられなくなった。彼らはヴィンゴのとりだした、妻と三人の子供たちの写真に見入った。手垢にまみれてひびが入っているスナップ写真。ヴィンゴの妻は、地味ながら目鼻立ちが整っており、子供たちはいずれもまだ顔の輪郭も定まっていない幼児だった。バスは、ブランズウィックまであと二十マイルに迫った。若者たちはいっせいに右の窓側の席に移って、オークの大木が近づくのを待ちかまえた。ヴィンゴは、もはや窓の外を見ようとはしなかった。その顔は、さらなる失望に備えようとするかのように緊張し、前科者の不安そうな仮面に変わった。あと十マイル。五マイル。バスの中には重苦しい気分がみなぎった。わだかまった沈黙にこもっているのは、長い不在の日々であり、失われた歳月であり、妻の地味な顔であり、朝食のテーブルに突然置かれた手紙であり、子供たちの驚きであり、鉄の棒に囲まれた孤独だった。

次の瞬間、若者たちが全員、弾(はじ)かれたように立ちあがった。彼らはてんでに叫び、大声を発し、悲鳴をあげ、小躍りしながら、やったぞと言わんばかりに拳(こぶし)をふりまわした。が、一人、ヴィンゴだけは、その騒ぎからとり残されていた。

彼は呆然(ぼうぜん)とオークの木をながめていた。大木は黄色いハンカチで文字通り蔽(おお)われていた。その数、二十枚、三十枚、いや、数百枚はあっただろう。さながら歓迎の旗ざおのように立っているオークの枝では、無数の黄色いハンカチが風にはためき、通りすぎるバスの窓から見ると、それは一瞬、黄色に燃えたつ陽炎(かげろう)のように映った。年老いた前科者は、若者たちの歓呼につつまれてゆっくりと立ちあがり、身を引きしめて前部の乗降口に歩みよった。彼は家路についたのだ。

訳者あとがき

ニューヨーカーくらいセンティメンタルな人種はいない、とピート・ハミルは言う。冒頭の〝はじめに〟で、彼自身が述べているとおり、本書はそんなニューヨーカーたちの人生の哀歓を、ときにさりげなく、ときにドラマティックに掬いあげたスケッチ集である。

その手触りは、たとえばウディ・アレンが映像で描きつづけているニューヨーカーたちの物語とも一脈相通ずるものがあるかもしれない。が、アレンの映像にときとして漂う、一種スノビッシュな匂いは、ここにはまったくない。

ここに登場する男女を描くにあたって、ハミルは特に奇をてらうことなく、それぞれの日常の一瞬にスポットを当て、それによって人生そのものの奥行きを暗示するという、いわば短編小説の王道をゆく手法をとっている。

たとえば、十数年ぶりにめぐりあったかつての恋人たちの会話から、読者は、そこに至るまでの彼らの人生をさまざまに想像することができる。そのときおのずと読者は、自らの人生体験をも無意識にそこに投影させているのではなかろうか。

その意味で、本書に収められた各掌編は、十人の読者が読めば十通りの物語になりうる芽を秘めているとも言えるだろう。その底から立ち現れてくるのはニューヨークという大都会の一面の素顔だが、それはいわゆる〝ファッショナブルな〟ニューヨークには程遠い。われわれと変わらぬ人間たちが生き、愛し、悩み、悲しんでいるニューヨークである。彼らの物語が胸を打つのは、そこに、われわれと変わらぬ生活感情、人生という厄介で愛すべきものの普遍的な真実があぶり出されているからに他なるまい。そう、これはハミルが〝この地上のどこよりも愛している〟街、ニューヨークの物語であると同時に、太平洋を隔てたこの国に住むわれわれ自身の物語でもあるのだ。

そのことを何よりも雄弁に物語っているのが、山田洋次監督の名作『幸福の黄色いハンカチ』ではないだろうか。本書の巻末に収録した「黄色いハンカチ（Going Home）」がその原作なのだが、山田監督はこの一編に漂う抒情性を見事に翻案してわれわれ自身の物語とし、人を信じることの美しさを詩情豊かにうたいあげている。原作と映画の幸福なマリアージュがそこにある。ちなみにこの掌編は、その後（二〇〇八年）、アメリカでもウィリアム・ハート主演で映画化され、『イエロー・ハンカチーフ』のタイトルで日本でも公開されたことは記憶に新しい。

山田洋次版の『幸福の黄色いハンカチ』は他ならぬピート・ハミルも見ていて、とても気に入っていた。一九八四年に彼が初めて来日した際、「いやぁ、高倉健はいい役者だね、惚れ惚れしたよ」と目を輝かせて言っていたことを懐かしく思い出す。

そんなハミルとはその後も交遊を重ねたのだが、生身の彼は、あのジャクリーン・ケネディや名女優のシャーリー・マクレーンと浮名を流したのもむべなるかなと思わされるような、男の色気をちょっと感じさせる、磊落なナイス・ガイだった。が、むろん、彼の真骨頂は本書をはじめとする一連の作品群にこそある。作家ピート・ハミルが生まれるまでの経歴を、かいつまんで紹介しておこう。

一九三五年、アイリッシュ系の移民である両親の間に、七人兄弟の長男として生まれた。家が貧しかったためハイスクールを二年で中退し、地元のブルックリンにあった海軍工廠（こうしょう）に勤めて家計を助けた。母親が映画館で働いていたので、少年時代、映画はいくらでもタダで見ることができたという。それが唯一の娯楽だったらしい。その頃の生活は、本書に収められたいくつかの自伝的色彩の濃い短編でも生き生きと描かれている。その後、海軍入隊を経て、二十三歳のとき、ジャーナリストになりたいという宿願を果たした。大学を出ていないというハンデを克服して、「ニューヨーク・ポスト」紙の記者に採用されたのである。

それからのハミルは、「ニューヨーク・ポスト」紙のほか、「ニューヨーク・デイリー・ニュース」等、主として大衆紙を活躍の場として、名物のコラムに、報道記事に、もちまえの反権力的スタンスを真っ向から押し出して人気を博していった。

が、ヘミングウェイやコンラッドに傾倒していたハミルの胸底には、もう一つの夢が常にひそんでいたという。いつか小説の形でも、人間と時代をヴィヴィッドに描いてみたい——その夢をとうとう実現させたのは三十三歳の時だった。処女作、「A Killing for Christ」は、ジャーナリスティックなセンスを存分に生かして宗教界の闇を衝いた、スリリングなサスペンス小説だった。それ以降ハミルは、ジャーナリストと小説家の二足の草鞋（わらじ）を精力的にはきこなして、フィクション、ノンフィクション、合わせて十数冊の著作をものしている。なかでも高い評価を得た、主だった作品をあげると、次のような顔触れになるだろうか。

A Killing for Christ
The Gift（『ブルックリン物語』ちくま文庫）
Irrational Ravings（『イラショナル・レイビングス』青木書店）
Dirty Laundry（『マンハッタン・ブルース』創元推理文庫）
The Invisible City（本書、『ニューヨーク・スケッチブック』）
Loving Women（『愛しい女』河出書房新社）

A Drinking Life（『ドリンキング・ライフ』新潮社）

ハミルとの交遊を振り返って忘れがたいのは、ある年、ニューヨークのハミルを訪ねたときのこと。彼自身はもう酒を断っていたのだが、いいところに案内しよう、と言って連れていってくれたのが、本書にもたびたび登場するグリニッチ・ヴィレッジの酒場、〈ライオンズ・ヘッド〉だった。ハミルと同じアイリッシュ系の酒場だけあって、薄暗い中でも彼が入っていくと、〝よお、ピート〟という声があちこちから降りかかってくる。見まわせば、そこかしこに本書で出会うような男たちがい、女たちがいた。彼らに応えるハミルの温顔がいかにも嬉しそうだった。それからしばし、ハミル夫人であるジャーナリスト、青木冨貴子さんを交えて歓談したひとときは、つい昨日のことのように甦ってくる。

それだけに、コロナ禍で揺れる今年、二〇二〇年の八月に伝えられた突然の訃報には胸を衝かれた。すでに三年前からハミルは腎臓を悪くしていたらしいのだ。死後に発表された青木冨貴子さんの手記によれば、最期が近づいたころ、ハミルは彼女に、「二人で随分いろんなことをやり遂げたね」と声をかけてきたという。

そしていま、われわれの前には、彼が〝やり遂げた〟ことの最たるものの一つ、本書『ニューヨーク・スケッチブック』が遺されている。ハミルは去ったが、この一作を彩る男たちや女たちは、われわれが人を愛し、別離に涙する動物でありつづける限り、この先もわれわれのごく近しい隣人たちでありつづけるにちがいない。

（本書は最初一九八二年にハードカヴァー版として河出書房新社から刊行され、その後河出文庫に収録された後、二〇〇九年に新装をまとい、今回、また装を改めて再刊されたものであることをお断りしておく）

二〇二〇年十一月

高見浩

本書は一九八二年九月、単行本として小社より刊行され、一九八六年四月に河出文庫、二〇〇九年に新装新版として刊行されました。

新装版
ニューヨーク・スケッチブック

一九八六年 四 月 四 日 初版発行
二〇〇九年 七 月二〇日 新装新版初版発行
二〇二一年 一 月一〇日 新装版初版印刷
二〇二一年 一 月二〇日 新装版初版発行

著　者　P・ハミル
訳　者　高見浩（たかみひろし）
発行者　小野寺優
発行所　株式会社河出書房新社
〒一五一―〇〇五一
東京都渋谷区千駄ヶ谷二―三二―二
電話〇三―三四〇四―八六一一（編集）
〇三―三四〇四―一二〇一（営業）
http://www.kawade.co.jp/

ロゴ・表紙デザイン　粟津潔
本文フォーマット　佐々木暁
本文組版　株式会社創都
印刷・製本　中央精版印刷株式会社

Printed in Japan ISBN978-4-309-46727-6

倦怠

アルヴェルト・モラヴィア　河盛好蔵／脇功〔訳〕 46201-1

ルイ・デリュック賞受賞のフランス映画「倦怠」（C・カーン監督）の原作。空虚な生活を送る画学生が美しき肉体の少女に惹かれ、次第に不条理な裏切りに翻弄されるイタリアの巨匠モラヴィアの代表作。

愛人 ラマン

マルグリット・デュラス　清水徹〔訳〕 46092-5

十八歳でわたしは年老いた！　仏領インドシナを舞台に、十五歳のときの、金持ちの中国人青年との最初の性愛経験を語った自伝的作品として、センセーションを捲き起こした、世界的ベストセラー。映画化原作。

パピヨン　上

アンリ・シャリエール　平井啓之〔訳〕 46495-4

無実の殺人罪で仏領ギアナ徒刑所の無期懲役囚となったやくざ者・パピヨン。自由への執念を燃やし脱獄を試みる彼の過酷な運命とは。全世界に衝撃を与え未曾有の大ベストセラーとなった伝説的自伝。映画化。

パピヨン　下

アンリ・シャリエール　平井啓之〔訳〕 46496-1

凄惨を極める仏領ギアナ徒刑所からの脱走を試みるパピヨンは、度重なる挫折と過酷な懲罰に耐え、ついに命を賭けて海に身を投げる——。自由を求める男の不屈の精神が魂を揺さぶる、衝撃的自伝。映画化。

ファースト・マン　上

ジェイムズ・R・ハンセン　日暮雅通／水谷淳〔訳〕 46486-2

これは一人の人間にとっては小さな一歩だが、人類にとっては偉大な跳躍だ——一九六九年ニール・アームストロングはアポロ11号で月への第一歩を記す。壮大なミッションの真実を明らかにする決定版伝記。

ファースト・マン　下

ジェイムズ・R・ハンセン　日暮雅通／水谷淳〔訳〕 46487-9

これは一人の人間にとっては小さな一歩だが、人類にとっては偉大な跳躍だ——一九六九年、ニール・アームストロングはアポロ11号で月への第一歩を記す。着陸五十周年記念、死の記述までを加えた新編。

帰ってきたヒトラー 上

ティムール・ヴェルメシュ　森内薫〔訳〕　46422-0

2015年にドイツで封切られ240万人を動員した本書の映画がついに日本公開！　本国で250万部を売り上げ、42言語に翻訳されたベストセラーの文庫化。現代に甦ったヒトラーが巻き起こす喜劇とは？

帰ってきたヒトラー 下

ティムール・ヴェルメシュ　森内薫〔訳〕　46423-7

ヒトラーが突如、現代に甦った！　抱腹絶倒、危険な笑いで賛否両論を巻き起こした問題作。本書原作の映画がついに日本公開！　本国で250万部を売り上げ、42言語に翻訳されたベストセラーの文庫化。

わたしは英国王に給仕した

ボフミル・フラバル　阿部賢一〔訳〕　46490-9

中欧文学巨匠の奇想天外な語りが炸裂する、悲しくも可笑しいシュールな大傑作。ナチス占領から共産主義へと移行するチェコを舞台に、給仕人から百万長者に出世した主人公の波瀾の人生を描き出す。映画化。

エドウィン・マルハウス

スティーヴン・ミルハウザー　岸本佐知子〔訳〕　46430-5

11歳で夭逝した天才作家の評伝を親友が描く。子供部屋、夜の遊園地、アニメ映画など、濃密な子供の世界が展開され、驚きの結末を迎えるダークな物語。伊坂幸太郎氏、西加奈子氏推薦！

白の闇

ジョゼ・サラマーゴ　雨沢泰〔訳〕　46711-5

突然の失明が巻き起こす未曾有の事態。「ミルク色の海」が感染し、善意と悪意の狭間で人間の価値が試される。ノーベル賞作家が「真に恐ろしい暴力的な状況」に挑み、世界を震撼させた傑作。

裸のランチ

ウィリアム・バロウズ　鮎川信夫〔訳〕　46231-8

クローネンバーグが映画化したW・バロウズの代表作にして、ケルアックやギンズバーグなどビートニク文学の中でも最高峰作品。麻薬中毒の幻覚や混乱した超現実的イメージが全く前衛的な世界へ誘う。

ジャンキー

ウィリアム・バロウズ　鮎川信夫〔訳〕　46240-0

『裸のランチ』によって驚異的な反響を巻き起こしたバロウズの最初の小説。ジャンキーとは回復不能になった麻薬常用者のことで、著者の自伝的色彩が濃い。肉体と精神の間で生の極限を描いた非合法の世界。

麻薬書簡　再現版

ウィリアム・バロウズ／アレン・ギンズバーグ　山形浩生〔訳〕　46298-1

一九六〇年代ビートニクの代表格バロウズとギンズバーグの往復書簡集で、「ヤーヘ」と呼ばれる麻薬を探しに南米を放浪する二人の謎めいた書簡を纏めた金字塔的作品。オリジナル原稿の校訂、最新の増補改訂版！

勝手に生きろ！

チャールズ・ブコウスキー　都甲幸治〔訳〕　46292-9

ブコウスキー二十代を綴った傑作。職を転々としながら全米を放浪するが、過酷な労働と嘘まみれの社会に嫌気がさし、首になったり辞めたりの繰り返し。辛い日常の唯一の救いは「書くこと」だった。映画化原作。

詩人と女たち

チャールズ・ブコウスキー　中川五郎〔訳〕　46160-1

現代アメリカ文学のアウトサイダー、ブコウスキー。五十歳になる詩人チナスキーことアル中のギャンブラーに自らを重ね、女たちとの破天荒な生活を、卑語俗語まみれの過激な文体で描く自伝的長篇小説。

くそったれ！少年時代

チャールズ・ブコウスキー　中川五郎〔訳〕　46191-5

一九三〇年代のロサンジェルス。大恐慌に見舞われ失業者のあふれる下町を舞台に、父親との確執、大人への不信、容貌への劣等感に悩みながら思春期を過ごす多感な少年の成長物語。ブコウスキーの自伝的長篇小説。

死をポケットに入れて

チャールズ・ブコウスキー　中川五郎〔訳〕　ロバート・クラム〔画〕　46218-9

老いて一層パンクにハードに突っ走るＢＵＫの痛快日記。五十年愛用のタイプライターを七十歳にしてMacに替え、文学を、人生を、老いと死を語る。カウンター・カルチャーのヒーロー、Ｒ・クラムのイラスト満載。

キャロル

パトリシア・ハイスミス　柿沼瑛子〔訳〕　46416-9

クリスマス、デパートのおもちゃ売り場の店員テレーズは、人妻キャロルと出会い、運命が変わる……サスペンスの女王ハイスミスがおくる、二人の女性の恋の物語。映画化原作ベストセラー。

太陽がいっぱい

パトリシア・ハイスミス　佐宗鈴夫〔訳〕　46427-5

息子ディッキーを米国に呼び戻してほしいという富豪の頼みを受け、トム・リプリーはイタリアに旅立つ。ディッキーに羨望と友情を抱くトムの心に、やがて殺意が生まれる……ハイスミスの代表作。

贋作

パトリシア・ハイスミス　上田公子〔訳〕　46428-2

トム・リプリーは天才画家の贋物事業に手を染めていたが、その秘密が発覚しかける。トムは画家に変装して事態を乗り越えようとするが……名作『太陽がいっぱい』に続くリプリー・シリーズ第二弾。

アメリカの友人

パトリシア・ハイスミス　佐宗鈴夫〔訳〕　46433-6

簡単な殺しを引き受けてくれる人物を紹介してほしい。こう頼まれたトム・リプリーは、ある男の存在を思いつく。この男に死期が近いと信じこませたら……いまリプリーのゲームが始まる。名作の改訳新版。

リプリーをまねた少年

パトリシア・ハイスミス　柿沼瑛子〔訳〕　46442-8

犯罪者にして自由人、トム・リプリーのもとにやってきた家出少年フランク。トムを慕う少年は、父親を殺した過去を告白する……二人の奇妙な絆を美しく描き切る、リプリー・シリーズ第四作。

死者と踊るリプリー

パトリシア・ハイスミス　佐宗鈴夫〔訳〕　46473-2

天才的犯罪者トム・リプリーが若き日に殺した男ディッキーの名を名乗る者から電話が来た。これはあの妙なアメリカ人夫妻の仕業か？　いま過去が暴かれようとしていた……リプリーの物語、最終編。

オン・ザ・ロード

ジャック・ケルアック　青山南〔訳〕　46334-6

安住に否を突きつけ、自由を夢見て、終わらない旅に向かう若者たち。ビート・ジェネレーションの誕生を告げ、その後のあらゆる文化に決定的な影響を与えつづけた不滅の青春の書が半世紀ぶりの新訳で甦る。

信仰が人を殺すとき　上

ジョン・クラカワー　佐宗鈴夫〔訳〕　46396-4

「背筋が凍るほどすさまじい傑作」と言われたノンフィクション傑作を文庫化！　一九八四年ユタ州で起きた母子惨殺事件の背景に潜む宗教の闇。「彼らを殺せ」と神が命じた——信仰、そして人間とはなにか？

信仰が人を殺すとき　下

ジョン・クラカワー　佐宗鈴夫〔訳〕　46397-1

「神」の御名のもと、弟の妻とその幼い娘を殺した熱心な信徒、ラファティ兄弟。その背景のモルモン教原理主義をとおし、人間の普遍的感情である信仰の問題をドラマチックに描く傑作。

西瓜糖の日々

リチャード・ブローティガン　藤本和子〔訳〕　46230-1

コミューン的な場所アイデス〈iDeath〉と〈忘れられた世界〉、そして私たちと同じ言葉を話すことができる虎たち。澄明で静かな西瓜糖世界の人々の平和・愛・暴力・流血を描き、現代社会をあざやかに映した代表作。

舞踏会へ向かう三人の農夫　上

リチャード・パワーズ　柴田元幸〔訳〕　46475-6

それは一枚の写真から時空を超えて、はじまった——物語の愉しみ、思索の緻密さの絡み合い。二十世紀全体を、アメリカ、戦争と死、陰謀と謎を描いた驚異のデビュー作。

舞踏会へ向かう三人の農夫　下

リチャード・パワーズ　柴田元幸〔訳〕　46476-3

文系的知識と理系的知識の融合、知と情の両立。「パワーズはたったひとりで、そして彼にしかできないやり方で、文学と、そして世界と戦った。」解説＝小川哲

スウ姉さん

エレナ・ポーター　村岡花子〔訳〕　46395-7

音楽の才がありながら、亡き母に変わって家族の世話を強いられるスウ姉さんが、困難にも負けず、持ち前のユーモアとを共に生きていく。村岡花子訳で読む、世界中の「隠れた尊い女性たち」に捧げる物語。

リンバロストの乙女　上

ジーン・ポーター　村岡花子〔訳〕　46399-5

美しいリンバロストの森の端に住む、少女エレノア。冷徹な母親に阻まれながらも進学を決めたエレノアは、蛾を採取して学費を稼ぐ。翻訳者・村岡花子が「アン」シリーズの次に最も愛していた永遠の名著。

リンバロストの乙女　下

ジーン・ポーター　村岡花子〔訳〕　46400-8

優秀な成績で高等学校を卒業し、美しく成長したエルノラは、ある日、リンバロストの森で出会った青年と恋に落ちる。だが、彼にはすでに許嫁がいた……。村岡花子の名訳復刊。解説＝梨木香歩。

そばかすの少年

ジーン・ポーター　村岡花子〔訳〕　46407-7

片手のない、孤児の少年「そばかす」は、リンバロストの森で番人として働きはじめる。厳しくも美しい大自然の中で、人の愛情にはじめて触れ、少年は成長していく。少年小説の傑作。解説：竹宮恵子。

どんがらがん

アヴラム・デイヴィッドスン　殊能将之〔編〕　46394-0

才気と博覧強記の異色作家デイヴィッドスンを、才気と博覧強記のミステリ作家殊能将之が編んだ奇跡の一冊。ヒューゴー賞、エドガー賞、世界幻想文学大賞、ＥＱＭＭ短編コンテスト最優秀賞受賞！　全十六篇

血みどろ臓物ハイスクール

キャシー・アッカー　渡辺佐智江〔訳〕　46484-8

少女ジェイニーの性をめぐる彷徨譚。詩、日記、戯曲、イラストなど多様な文体を駆使して紡ぎだされる重層的物語は、やがて神話的世界へ広がっていく。最終３章の配列を正した決定版！

ラウィーニア

アーシュラ・K・ル＝グウィン　谷垣暁美〔訳〕　46722-1

トロイア滅亡後の英雄の遍歴を描く『アエネーイス』に想を得て、英雄の妻を主人公にローマ建国の伝説を語り直した壮大な愛の物語。『ゲド戦記』著者が古代に生きる女性を生き生きと描く晩年の傑作長篇。

最後のウィネベーゴ

コニー・ウィリス　大森望〔編訳〕　46383-4

犬が絶滅してしまった近未来、孤独な男が出逢ったささやかな奇蹟とは？　魔術的なストーリーテラー、ウィリスのあわせて全12冠に輝く傑作選。文庫化に際して１編追加され全５編収録。

ギフト　西のはての年代記Ⅰ

ル＝グウィン　谷垣暁美〔訳〕　46350-6

ル＝グウィンが描く、〈ゲド戦記〉以来のＹＡファンタジーシリーズ第一作！　〈ギフト〉と呼ばれる不思議な能力を受け継いだ少年オレックは、強すぎる力を持つ恐るべき者として父親に目を封印される——。

ヴォイス　西のはての年代記Ⅱ

ル＝グウィン　谷垣暁美〔訳〕　46353-7

〈西のはて〉を舞台にした、ル＝グウィンのファンタジーシリーズ第二作！　文字を邪悪なものとする禁書の地で、少女メマーは一族の館に本が隠されていることを知り、当主からひそかに教育を受ける——。

パワー　上　西のはての年代記Ⅲ

ル＝グウィン　谷垣暁美〔訳〕　46354-4

〈西のはて〉を舞台にしたファンタジーシリーズ第三作！　少年奴隷ガヴィアには、たぐいまれな記憶力と、不思議な幻を見る力が備わっていた——。ル＝グウィンがたどり着いた物語の極致。ネビュラ賞受賞。

パワー　下　西のはての年代記Ⅲ

ル＝グウィン　谷垣暁美〔訳〕　46355-1

〈西のはて〉を舞台にした、ル＝グウィンのファンタジーシリーズ、ついに完結！　旅で出会った人々に助けられ、少年ガヴィアは自分のふたつの力を見つめ直してゆく——。ネビュラ賞受賞。